너와 나의 삼선슬리퍼

너와 나의 **삼선**
슬리퍼

방현희 지음

주니어김영사

차 례

잘 가라, 롤랜드 팬텀

"이제 어떻게 된 일인지 잘 알겠지? 북한 잠수정이 어뢰를 발사해서 우리 잠수함이 침몰한 거라고. 한마디로 명백한 도발이지. 지난해 연평 해전 때 우리 해군이 북한 배를 침몰시켰거든. 그 보복을 해 온 거지."

국사 시간이다. 일주일 전에 국가적으로, 동아시아적으로 큰 사건이 우리 서해에서 벌어졌다. 극비리에 훈련 중이던 잠수함이 바닷속에서 두 동강 나며 침몰한 것이다. 평화 시 잠수함이 수중 공격을 받은 것은 전 세계적으로 유례없는 일이라며 국사 선생, 홍마담은 한창 흥분해 있었다. 칠판에 서해안을 그린 뒤 강화도며 연평도며 북한 잠수정까지 그려 넣고, '핫 핑크' 분필로 뱅글뱅글 동그라미를 그리다가 화살표를 쭉 빼서 우리 잠수함에 무차별 공격을 퍼붓고 있는데, 어디선가 나른한 목소리가 흘러나왔다.

"우리 아빠가요, 해군인데요, 그냥 뻘 짓 하다가 암초에 부딪힌 거라던데요."

아이들의 눈동자가 일제히 소리가 들려온 곳으로 향했다. 은주였다. 은주는 손거울을 보란 듯이 꺼내 놓고 태연스레 들여다보고 있었다. 딱히 의견을 말하려던 게 아니라 아무 생각 없이 말이 새어 나온 듯했다. 은주는 아이들의 눈길이 자기에게 쏟아진 것도 모른 채 빗까지 꺼내 얼굴을 거울에 바짝 들이밀고는 앞머리를 빗어 내렸다. 홍마담이 은주에게 다가갔다.

"뭐라고?"

은주는 여전히 거울을 들여다보며 대꾸했다.

"배가 새기 시작해서 부리나케 백령도로 피하다가 암초에 부딪힌 거래요."

어디선가 풋! 하고 웃음소리가 터졌다. 이때다 싶었는지 아이들이 와, 하며 따라 웃고는 맞아, 맞아, 하며 책상을 치고 순식간에 난리법석이 되어 버렸다. 홍마담이 비장한 얼굴로 은주의 책상에 지도봉을 콕 찍더니 그 봉에 온몸을 싣고 물었다. 홍마담과 은주의 얼굴이 거의 한 뼘 거리로 가까워졌다.

"너네 아빠가 우리 해군이 그거밖에 안 된다고 그러디?"

"그게요, 배가 몇 번이나 샜었대요."

은주는 표정 하나 변하지 않고 심드렁하게 말했다. 여전히 거울을 손에 들고 앞머리를 빗어 내리면서.

"너, 그 말 책임질 수 있어? 이건 명백한 도발이야!"

"제가 왜 책임져요? 울 아빠가 책임지겠죠!"

또다시 아이들이 책상을 두드리고 발을 구르며 와! 하고 웃어 댔다. 홍마담에 대한 은주의 명백한 도발이겠지. 민규는 코웃음을 쳤다. 아이들은 이제 홍마담과 은주의 한판 승부에 대한 관심을 접은 채 집에서 들은 얘기를 쏟아 놓기 시작했다.

"우리 아빠도 암초에 부딪힌 거라고 했어."

"무슨 소리야, 북한이 어뢰를 발사한 게 맞아! 잠수함 밑에서 완전 정확하게 터진 거야, 그래서 두 쪽이 난 거라고!"

"우리 아빠가 그러는데, 미군이 거기서 훈련을 하고 있었대. 주변에 미군 함정이 쫙 깔려 있어서 북한군은 끼어들 틈도 없었다는데 뭐, 미군이 쏜 어뢰에 맞은 거래!"

"맞아, 맞아. 그래서 미국이 쉬쉬하고 있는 거래!"

화가 난 홍마담이 은주의 거울을 확 낚아채자 은주가 벌떡 일어나더니 홍마담을 쏘아보며 거울을 다시 휙 낚아챘다. 그와 동시에 심드렁한 은주의 표정이 독을 내뿜는 눈빛으로 변했다. 홍마담의 얼굴이 하얗게 질렸다. 대단한 은주였다.

아이들은 저마다 자기주장을 관철시키느라 점점 더 목청을 높였다. 홍마담은 아이들을 통제할 수가 없었다. 지금 막 공황 상태에 빠져들었던 것이다. 홍마담은 그 자리에서 뻣뻣하게 굳어 버렸다. 마치 4층 교실이 폭삭 무너져 맨 밑에 깔린 것처럼 숨을 쉬지 못했다. 이제 아이들은 수업 끝날 때까지 마음껏 떠들 것이다.

홍마담이 공황 장애를 앓는다는 것은 모두 알고 있다. 특히 아이들은 홍마담이 논쟁에 휘말리기 쉬운 데다, 한번 휘말리면 금세 말문이 막히는 증상을 겪으면서 공황 상태에 빠진다는 것을 잘 알았다. 하지만 홍마담을 불쌍하게 여기는 아이들은 손에 꼽기 어려웠다. 오히려 다른 선생에겐 할 수 없는 짓을 저지르고도 태연하게 시치미를 떼곤 했다. 민규가 보기에 전체 선생님들 가운데 정신적인 문제를 겪고 있는 사람이 적어도 5분의 1은 되는 것 같았다. 요즘 아이들은 남의 약점을 아주 쉽게 파고든다. 성격적으로 나약하거나 신경이 예민한 선생님들은 그런 아이들을 통제하기는커녕 견뎌 내기조차 어려워했다.

다른 때 같았으면 번득이는 눈으로 떠드는 녀석들을 한 번씩 훑어 줄 텐데, 민규는 지금 다른 사람 신경 쓸 시간이 없다. 민규는 책상 밑에서 몰래 보내던 문자를 대놓고 책상 위에서 보내기 시작했다. 휴대 전화는 교내 소지 금지 품목이다. 당연히 선생님 눈에 띄면 당장 압수에 벌점 추가다. 하지만 지금은 그런 걸 따질 겨를이 없다. 좀 전에 사건이 터져서 수업 끝나자마자 논현동 작업실로 달려가야 한다. 민규는 잔인한 놈들, 하고 중얼거리면서 메시지에 집중했다.

조금 전에 작업실 주인 형에게서 문자가 왔다. 오늘 새벽까지 만진 악기가 감쪽같이 사라졌다는 내용이었다. 발밑이 꺼지는 기분은 홍마담에게만 찾아온 게 아니었다. 민규 역시 가슴이 벌렁거리고 불덩이가 솟구쳐서 제정신이 아니었다.

-경찰에 신고했나요?

-그래, 지금 막. 경찰이 온다고 했는데 몇 시까지 올 수 있어?

-학교 끝나자마자 달려갈게요. 전철 타면 40분쯤 걸릴 거예요.

-오케이. 경찰보고 한 시간쯤 뒤에 오라고 할게.

-넵!

민규가 문자 교환을 끝냈을 때 종이 울렸다. 아이들이 의자를 밀치고 발딱발딱 일어나 교실 밖으로 뛰쳐나가는데도 홍마담은 은주 앞에 그대로 서 있었다. 은주는 태연하다 못해 심드렁한 얼굴로 책을 사물함에 넣으려는 듯 일어났다. 은주 패거리 둘이 홍마담 눈치를 보며 슬그머니 은주를 둘러싸고 교실 뒤쪽으로 갔다. 민규는 휴대 전화를 주머니에 집어넣다 말고 빈자리 앞에 얼어붙어 있는 홍마담을 보고 잠시 망설였다. 아이들이 말을 맞받아치거나 강하게 반항할 때 홍마담이 말문이 막히는 일은 자주 있었다. 아주 가끔 공황 상태에 빠지기도 했지만 오늘처럼 심한 날은 처음이었다.

선생님을 껴안고 나가면 무너지고 있는 4층에서 안전한 1층으로 옮겨 줄 수 있을 텐데, 하필 지금이람? 에이 참. 선생님을 놀리는 아이들 때문에 마음이 무겁기도 했지만, 한편으로는 학생들에게 휘둘릴 정도로 나약한 선생님이 형편없다는 생각도 들었다. 고등학교 1학년 사내아이들이 어떤 동물인가. 테스토스테론 분비가 최고에 이른 상태라 힘없는 남자에 대해서는 본능적으로 경멸감을 품는 녀석들이 아닌가. 아무리 그래도 이건 선생님에 대한 학생의 도리가 아닐 뿐 아니라 인간으로서도 너무한 짓이다.

아, 기분 엿 같네. 성질대로 하면 철딱서니 없이 설레발치는 놈들 중에서 하나 멱살을 잡고 싶지만, 일찍이 남 일에는 절대 오지랖을 자랑하지 않겠다고 결심한 터라 민규는 직접 나설 수가 없었다. 악의 세계를 구하는 '히어로' 같은 건 너나 해라, 하며 앞에 앉은 반장을 보니 현수는 두 팔을 책상 위에 올린 채 고개를 떨구고 있었다. 뒷모습만 봐서는 표정을 읽을 수가 없었다. 평소 같으면 맘 좋게 실실 웃으며 아이들을 조용히 시키거나 그게 안 되면 재빨리 선생님을 챙길 텐데 오늘따라 가만히 있는 것이 이상했다.

민규는 팔을 뻗어 현수의 어깨를 툭 쳤다. 현수가 암담한 얼굴로 돌아보았다. 자식, 표정 하나는 죽여준단 말이야. 저 혼자 더러운 세상 고민은 다 짊어진 것 같잖아. 슈퍼히어로 같은 저 표정만 보면 홍마담이 아니라 현수가 열다섯 살은 더 먹은 것 같았다. 민규는 홍마담에게 좀 가 보라며 고갯짓했다. 현수가 어깨를 축 늘어뜨린 채 천천히 일어났다.

들리는 소문에 의하면, 홍마담은 이혼하기 전부터 그런 증상이 생겼다고 했다. 부인이 어찌나 사나웠던지 무서워서 이혼했다는 말도 들렸다. 그래서 특히 사나운 여학생을 무서워한다는 소문도 있었다. 어쩌냐, 홍마담, 은주는 쉽게 학교 그만두지 않을 것 같은데. 홍마담은 한국사 담당이었는데 언제부터 그렇게 불렸는지 모르지만 얼굴이 동그랗고 하얀 데다 얇은 입술이 유난히 빨개서 붙은 별명이었다.

현수가 홍마담에게 다가가 선생님, 하면서 옆구리를 가볍게 끌어 안았다. 저런 거 보면 현수 저 녀석 굉장히 섬세하단 말야. 홍마담이 가까스로 발을 뗐고, 현수는 한 발 한 발 홍마담의 걸음에 맞춰 교실을 나갔다. 부반장 예진이가 홍마담 책을 들고 그 뒤를 따라갔다.

평소와 다른 모습의 현수가 마음에 걸렸지만 민규는 언제나처럼 방관자로 남기를 잘했다고 생각하며 후다닥 일어나 교과서를 사물함에 넣고 가방을 둘러멨다. 담임에게 받자마자 구겨 넣고 한 번도 꺼내지 않은 가정 통신문 몇 장과 필통만 달랑 들어 있는 가방은 고등학생 가방이라기엔 너무나 가뿐했다. 야간 자율 학습을 해야 하지만 민규는 음악 때문에 '야자'를 할 수 없다고 버티는 중이었다. 그 바람에 담임과는 계속 팽팽한 긴장 상태이고 다른 선생님들 사이에선 내놓은 학생이 되어 있었다.

교실 문을 열고 나서는데 주몽이 따라붙었다. 주몽은 좀 전 수업 시간에 옆자리에서 민규가 문자 주고받는 것을 고스란히 지켜보고 있던 터였다.

"야, 도둑 잡았대?"

"도둑이 그렇게 금방 잡히냐? 도둑맞은 거 안 지 한 시간도 안 됐는데!"

"어, 그렇구나. 어떡할 거냐?"

"지금 작업실 가 볼 거야."

"밤사이에 훔쳐 간 거냐?"

"그랬겠지. 어제 내가 집에 온 게 밤 1시였으니까."

작업실 주인 형의 문자 내용은 대강 이랬다. 민규가 학교에 있을 시간인데 민규 작업실 문이 열려 있어 궁금해서 들여다봤더니, 신시사이저와 미디 기계가 없더라는 것이었다. 어젯밤에 작업하고 같이 나왔는데 그사이 기계를 옮겼을 리는 없고, 이상하다며 문자를 보내온 것이다. 민규는 머리 꼭대기로 뜨거운 김이 훅 치솟아 자기도 모르게 벌떡 일어섰다가 홍마담이 칠판에 글씨를 쓰고 돌아서는 순간 도로 주저앉았다. 아차, 문을 안 잠갔구나!

어젯밤 중간고사 끝나자마자 바로 작업실로 가서 작업하느라 무척 피곤했는데 마침 주인 형이 태워다 준다기에 후다닥 튀어나오느라 작업실 문 잠그는 일을 잊은 것 같았다. 작업실 건물에는 주인 형과 민규 작업실 말고도 작업실이 몇 개 더 있어서 들락거리는 사람이 많았다. 평소 밤샘 작업을 하는 형들이 항상 둘셋은 되어 현관문을 열어 두고 사는데 새벽에 숨어든 것을 보면 아마도 건물 사정을 잘 아는 사람의 소행 같았다. 그래도 그렇지, 신시사이저를 가져가다니. 그건 너무 크고 무거워서 어른이라도 혼자선 들 수 없는 것이라 도둑맞으리라고는 생각지도 못했었다. 값싸고 작은 믹싱 기계는 그대로 있다고 했다. 신시사이저를 가져간 것으로 봐서 도둑은 두 명 이상일 것이다. 주인 형에게 경찰에 신고해 달라고 부탁하는 문자를 주고받느라 수업 시간에 벌어지는 일에 신경 쓸 여유가 없었던 것이다.

서둘러 계단을 내려오는데 현수가 예진이랑 2층 교무실에서 나와 걸어오고 있었다. 현수 얼굴이 어두워 보였다. 민규는 현수가 가까이 올 때까지 서서 기다렸다.

"홍마담은 괜찮냐?"

"약 드셨어. 퇴근하실 거 같아."

주몽이 현수에게 바짝 다가가며 물었다. 주몽은 간덩이가 조금 작은 편이었다.

"담임은 암말 안 하고?"

"종례하러 오신단다. 담임이 화가 많이 난 모양이다. 아무도 집에 가지 말래. 민규, 너 그냥 가면 날 죽을 텐데. 차라리 담임한테 얘기하고 가지?"

"낼 죽지 뭐. 급한 일이 있다."

주몽이 민규의 등을 쳤다.

"새끼, 또 버티기 들어가네. 10점 만점에 13점이다, 유 윈!"

현수가 벌써 반쯤 돌아선 민규에게 손사래를 쳤다.

"네가 알아서 해라. 나도 이젠 두 손 들었다."

주몽이 또 끼어들었다.

"반장, 넌 인간성은 좋은데 인내심이 짧아."

민규는 간다는 말도 하지 않고 뒤돌아서 교문을 향해 냅다 뛰었다.

"자식, 무진장 냉정해. 같이 가자는 말도 안 하고. 야! 그럼 나, 노래 못 하는 거냐?"

주몽이 민규 등 뒤에 대고 소리쳤지만 민규는 들은 척도 안 하고 달려 나갔다.

'눈치 하난 진짜 빠르다, 새꺄. 이제 알았냐? 너, 고음 처리가 안 돼
서 벌써부터 자르려고 했는데 불행히도 노래 잘하는 놈을 못 구했다.
다른 반까지 기웃거리면 우리 담임이랑 다른 반 담임이 죽인다고 할
까 봐 꾹 참고 있는 거다.'

주몽이 민규를 향해 발길질을 하고 주먹 감자를 날리고 돌아갔다.
주몽은 담임의 경고를 무시하고 민규를 쫓아갈 인물은 아니었다.

유난히 더위가 물러나지 않는 초가을, 푸르디푸르게 높은 하늘에
선 맑은 대기를 뚫고 햇빛이 쏟아졌다. 교문으로 가는 길은 텅 비어
있었다. 멀리서 골프 연습을 하는 선수들의 골프채만 햇빛에 번득였
다. 경비실도 텅 비어 있어 저놈은 언 놈이길래 맨날 일찍 간다냐, 하
며 구시렁거리는 경비 아저씨도 보이지 않았다. 평소 같으면 가볍게
이 길을 달려 나갔을 것이다. 학교에 있는 동안에도 민규의 머릿속은
음악으로 가득 차 있었다. 빨리 학교를 벗어나, 머릿속에서 흘러나오
고 빠져나오고 뛰쳐나오려는 음악들을 악기로 옮기고 싶어 1분 1초가
아까웠다. 그래서 민규는 늘 달리다시피 걷곤 했다.

하교할 때면 친구들은 대부분 삼삼오오 뭉쳐서 몰려나와 교문 주
변 분식집에 들러 떡볶이와 라면과 튀김을 먹곤 했지만 민규는 그 무
리에 끼는 일이 거의 없었다. 서둘러 집으로 돌아와 옷을 갈아입고
엄마가 준비해 둔 이른 저녁을 먹은 뒤 작업실로 달려가곤 했다.

지금은 설렘이 갈비뼈를 들썩거리는 게 아니라 울분이 갈비뼈를 부수고 터져 나올 것 같았다. 교문을 나서면서 교실이 있는 4층을 올려다보았다. 아마 지금쯤 담임이 단체 기합을 줄 것인지 다른 벌을 줄 것인지 결정하고 있겠지.

민규는 담임에게 혼날 생각보다 도둑맞은 악기 때문에 정신이 없었다. 게다가 홍마담이 안쓰럽기도 하고 화가 나기도 해서 기분이 엿 같았다. 담임이 은주에게 어떤 벌을 줄지도 궁금했다. 그와 관련된 규정이 없으니 벌점을 주기는 어려울 테고, 이번에는 한 사흘쯤 화장실 청소를 시킬까? 화장실을 청소하니 학교에 안 나오는 쪽을 택할 은주였다. 그보다는 야자 땡 치고 하교하지 말라는 경고를 날렸는데도 담임 말을 안 들은 것에 대한 본보기로 민규 자신이 은주보다 더 크게 혼날지도 모른다. 또 엄마를 불러오라고 할지도 모른다. 고등학교에 올라온 뒤 엄마를 호출한 게 벌써 몇 번째인지 모른다. 중학교 때부터라면, 에라, 모르겠다!

민규는 뜨거운 햇살 아래를 뛰기 시작했다. 어차피 야자도 형식적이고 학원 가야 하는 애들이 많아서 한두 시간 넘기면 끝난다. 야자 한다고 학원을 안 가는 것도 아니어서 덕분에 아이들이 집에 들어가는 시간만 늦춰졌을 뿐이다. 민규는 그런 형식적인 수업으로 시간을 버리는 게 견딜 수가 없었다. 한 시간도 금쪽같았다. 그래서 야자 따위 하루도 할 수 없다고 담임과 계속 실랑이 중이다.

헐레벌떡 계단을 뛰어 내려온 민규는 막 승강장에 진입한 전철에 올라탔다. 전철이 속력을 올리기 시작했다. 일정하게 높아지는 음과 점점 다급해지는 진동이 어느새 리듬과 비트로 바뀐다. 온몸을 타고 전해 오는 진동은 그대로 음악이 된다. 민규는 언제부터인가 물체들이 만들어 내는 소리가 들리기 시작했다. 각각의 물체가 빚어내는 고유한 음이 느껴지고, 그것들은 자연스럽게 어우러졌다가 흩어지곤 했다. 소리가 들리기만 하는 게 아니라 보이기 시작했다. 그래서 민규는 버스를 타거나 전철을 타고 이동할 때는 이어폰을 끼지 않았다. 아직 음악이 되기 전의 소리들. 그 무한한 조합이 호기심을 불러일으켰다. 그래서 음악을 듣고 있지 않을 때는 소리를 들었다. 물체와 사람들이 빚어내는 신비의 소리를.

한숨 돌리고 주위를 둘러보니 오늘따라 귀에 이어폰을 꽂은 사람들이 하나하나 콕콕 박혀 들었다. 중·고등학생들부터 20대로 보이는 남녀는 말할 것도 없고 아저씨와 아주머니들까지 꽤 많은 사람들이 이어폰을 낀 채 음악을 듣고 있었다.

민규는 문득 궁금해졌다. 저 사람들은 어떤 음악을 듣고 있을까. 전철 한 칸에 탄 사람들이 듣는 음악을 조사해 보면 대강 한국인들이 듣는 음악의 분포도를 알 수 있지 않을까. 내가 만든 음악에 고개를 끄덕이고 어깨를 흔들며 손가락을 튕겨 박자를 맞춰 줄 사람은 몇 퍼센트나 될까. 혹시 지금 이 공간에서 같은 음악을 듣고 있는 사람이 있을까?

이어폰을 뺐다가 각도를 조절한 뒤 다시 끼는 사람들의 손놀림은 가방이나 휴대 전화를 만질 때보다 훨씬 섬세했다. 이어폰을 꽂고 있는 사람들의 얼굴을 보니 전철 안의 그 누구에게도 관심이 없는 게 분명했다. 그 얼굴들은 혼자만의 세계에 빠져 있는 사람 특유의 표정을 짓고 있었다. 그들의 뺨은 희미하게 긴장이 풀려 있었고 입가에는 미소가 배어 있었다. 그들은 지금 붐비는 전철 안에서 수많은 사람들과 뒤섞여 있지만 마치 각자 뚝 떨어진 휴양지에 혼자 있는 것처럼 만족스러워 보였다. 민규는 지금까지 노래를 만들고 싶은 열정에 사로잡혀 있었지만 홀로 음악을 듣고 있는 이 많은 사람들을 제대로 지켜본 적이 없다는 것을 깨달았다. 똑같은 음악을 들으며 열광하는 공연장 사람들과는 너무 다른 모습이었다. 하지만 어떤 공통된 분위기가 있었다.

이상한 기분이 들었다. 가슴 깊은 곳이 묘하게 울렁거리더니 뜨거운 감정이 목울대까지 차올랐다. 침을 꿀꺽 삼켰다. 앞에 있는 남자의 스트라이프 셔츠가 오선지로 보이고 롤랜드 팬텀의 트랙이 눈앞에 그려졌다. 심장이 활짝 열리고 드럼이 터져 나왔다. 몸을 앞뒤로 흔들고 있는 사람들은 전철의 덜컹거림 때문에 흔들리는 게 아니다. 자신의 드럼 비트에 두들겨 맞고 몸들이 흔들리는 것이다. 타다다, 두, 두, 챙챙챙. 쿵, 쿵.

드럼이 먼저 터지는 건 보통의 R&B 스타일은 아니다. 이건 민규 스타일이다. 네 소절 뒤에 피아노가 나긋나긋하면서도 비트감 있게 흘러나왔다. 입 밖으로 밀려 나오려는 묵직한 저음의 목소리를 가슴속으로 다시 끌어당기는 듯한 리듬이다. 레이 찰스보다는 가볍고 브라이언 맥나이트보다는 무거운. 노랫말도 저절로 흘러나왔다.

음,
네 긴 머리가 사라졌어
창문도 없는 내 방에서
나는 손톱을 자르고 기타를 부쉈어
쉼 없이 돌아가는 환풍기만 내 숨소리를 전해 줘
나는 마치 하루살이 같아,
부우부우 날개를 저으며 너에게 날아가
하루를 넘기고 살게 되면 너를 찾을 수 있을까
네 긴 머리를 다시 만질 수 있을까

절박한 감정에 사로잡힐 때 나오는 곡이 있다. 물론 즉흥적인 곡은 어설프고 몇 소절밖에 되지 않아 오랫동안 다듬는 작업이 필요하다. 대회에 출품할 작품을 두세 개 정도 만들어 놓고 노래하는 사람과 맞춰 가며 결정해야 하는데 새 곡이 떠올라서 잘됐다. 얼른 작업실로 달려가 건반을 누르고 싶었다. 그 순간 악기를 도둑맞았다는 사실을 깨닫고 민규는 자기도 모르게 주먹을 움켜쥐고 허공에 날렸다. 어떤 미친 새끼야!

Roland Fantom X-8과 Fireface 400.

민규가 처음 작곡을 시작하면서부터 줄곧 써 온 신시사이저와 얼마 전에 바꾼 미디 기계이다. 고등학생이 연습용으로 쓰기엔 과분한 악기였다. 아빠가 남기고 떠난, 단 하나밖에 없는 기계들이어서 다른 악기를 장만한다 해도 버릴 수는 없었다.

울컥 솟구치려는 눈물을 꾹 눌러 삼켰다. 목구멍이 타는 것처럼 아팠다. 아빠가 자신의 방에 그 신시사이저를 놓아주던 날이 떠올랐다. 민규의 방에는 피아노가 한 대 있었고 아빠가 설치해 준 작은 오디오와 스피커가 있었다. 책상 옆에 기역 자로 롤랜드 팬텀이 놓이던 그때. 그리고 설레는 가슴으로 건반을 눌러 보던 날. 두 손으로 힘차게 눌렀던 코드가 그때처럼 가슴을 쿵 하고 울리면서 참았던 눈물이 왈칵 쏟아졌다.

중학교 2학년, 쏟아지는 눈물을 삼키며 엄마가 아무리 반대해도 작곡을 하겠다고 선언하던 날이 떠올랐다.

"아무도 내 인생을 나만큼 걱정하지 않아. 엄마도, 아빠도! 내가 뭘 하고 싶은지, 내가 뭘 할 때 젤 행복한지. 내가 앞으로 뭘 하면서 살아가야 하는지, 아무도 나를 걱정하지 않아."

엄마는 몹시 당황해서 어쩔 줄 몰라 했다. 중학생의 입에서 이런 말이 나올 줄은 몰랐던 거다.

"엄마는, 네가 하고 싶은 게 있다고 할 때까지 기다리고 있었던 거야. 왜 엄마 아빠가 반대할 거라고 생각했니? 네가 작곡을 그토록 원하는 줄 몰랐어. 이제부터라도 하나하나 밟아 나가면 되는 거야."

민규의 눈에서 눈물이 멈추지 않았다.

"나는 내가 뭘 해야 하는지 항상 생각해 왔어. 초등학교 때부터. 엄마는 국제 중학교 같은 데가 있다는 것도 말 안 해 줬잖아. 초등학교 때부터 국제 중학교 가려고 공부하는 애들이 있었어. 근데 나는 그게 뭔지도 몰랐고."

"엄마는 너에게 공부를 강요하면 안 된다고 생각했어. 너는 공부에 별 관심도 없었잖니. 시험공부 할 때 너는 시험 범위를 벗어나서 네가 궁금한 걸 파고들었어. 그러면서 왜 이런 건 배우지 않는지 모르겠다고 했지. 난 네가 학교 공부를 잘할 아이가 아니라 너만의 공부를 할 애라고 생각했어."

"나는 무엇을 잘할 수 있을까, 항상 생각했어. 다른 아이들은 공부를 잘하는데, 특목고를 간다는 애들과 외고를 간다는 애들은 맨날 학교 얘기만 해. 그러면서 밤늦도록 과외를 다니는데, 나는 무엇을 해야 잘할 수 있는지 몰랐어. 그런데 이젠 알았어. 나는 음악을 제일 좋아해. 그리고 곡을 만들면서 굉장히 행복한 것을 알았어. 나는 이 길을 갈 거야! 아무리 어려워도, 사람들이 다 못 할 거라고 말려도!"

그렇게 눈물 콧물 범벅이 되어 소리쳤다. 엄마는 자식이 원하는 것을 미리 알아보지 못했다는 이유로 죄인처럼 고개를 숙였다. 엄마는 민규가 어릴 때부터 무얼 하라고 강요하진 않았지만 무엇을 하고 싶다고 할 때는 신 나게 맞장구를 쳐 주었다. 동물을 너무 좋아한 나머지 내셔널 지오그래픽에서 사자 조련사가 나오는 장면을 보며 조련사가 되고 싶다고 하면 엄마는 좋다고 했다. 아프리카 진흙탕에서 왕비단뱀의 생태를 관찰하는 학자들을 보고 나도 아프리카에 가서 비단뱀을 관찰하고 싶다고 했을 때도 엄마는 그것도 좋지, 저렇게 살 수 있다면 행복할 거야, 라고 했다.

미야자키 하야오의 애니메이션을 보며 저런 영화는 이야기를 어떻게 만드는 거야? 나는 저런 영화 이야기를 쓰고 싶어, 라고 했을 때는 아빠 책장에서 미야자키 하야오의 《시나리오 작법》이라는 책을 건네줬고, 민규는 그 책을 미친 듯이 읽었다. 그때 이런 말도 했다. 나는 영화도 직접 만들고, 이야기도 직접 쓰고 싶어. 그때도 엄마는 말했다. 엄마 생각도 그래, 만들고 싶은 게 있으면 만들어 봐, 라고.

엄마는 기다려 준 거야. 내가 죽도록 하고 싶은 일이 생길 때까지. 그리고 이제 때가 온 거지.

그래서 민규는 모든 것을 혼자 해결해야 했다.

잘 생각해 보면 엄마는 남자아이들이 하는 운동 역시 미리 앞장서서 가르치려 하지 않았다. 농구나 수영을 배울 때도 민규가 하고 싶다고 했을 때 얼마나 하고 싶은지, 싫증 내지 않고 1년 이상 할 수 있는지 묻고 약속을 한 뒤에야 허락했다. 스케이트도 그렇게 배웠다.

초등학교 1학년 때 검도를 하고 싶다고 했을 때는 칼로 머리를 겨누는 운동은 절대 용납할 수 없다고 해서 얼마나 오랫동안 졸라야 했는지 모른다. 결국 도장에 가서 사범님에게 머리를 겨누는 것은 가르치지 않겠다는 약속을 받고서야 검도를 배울 수 있었다. 그 뒤로 권투를 하겠다고 했을 때도 엄마는 절대 안 된다고 했다. 사람을 때리는 것은 가르칠 수 없다는 신념 때문이었는데, 반대로 민규는 그 말을 꺼냈을 때가 꼭 배워야 할 필요를 느낀 때였다.

남자란 본능적으로 나 아닌 사람은 냄새부터 맡아 보는 존재다. 그 냄새에는 그 사람에 대한 모든 정보가 새겨져 있다. 가장 중요한 것은 무게다. 무게가 나보다 많이 나가냐, 적게 나가냐 하는 거다. 민규는 또래보다 체격이 워낙 작아서 다른 아이들이 얕잡아 보았다. 전학을 두어 번 다니면서 아이들이 발을 걸어 넘어뜨리고 실내화 주머니로 수시로 때리고 자기 가방을 들고 가라며 강요하는 텃세를 겪었다. 처음엔 왜 그러는지 알 수가 없었다. 그러다 다른 아이가 전학을 오자 그 아이에게 똑같이 행동하는 것을 보며 힘을 길러야겠다고 생각했다.

그래서 엄마가 아무리 반대해도 민규는 물러서지 않고 현역 챔피언이 운영하는 도장을 찾아내 엄마를 설득했다. 그 도장은 수도권에 있었고, 엄마 생각에 초등학교 4학년짜리가 그렇게 멀리 떨어져 있으면 얼마나 다닐까 싶었는지, 네가 맞기 전에는 절대 다른 사람을 때리지 않겠다는 약속을 받아 낸 뒤 함께 도장에 갔다. 사범에게 항상 보호 장구를 갖추고 가르칠 것과 스파링을 할 때 아들의 머리를 절대 때리지 않겠다는 조건을 지킬 것을 당부한 뒤에야 등록을 시켜 주었다.

하지만 민규는 엄마의 바람을 저버리고 3년 동안 혼자 버스를 타고 열심히 다녔다. 덕분에 민규는 괴롭힘을 당하거나 맞거나 주머니를 털리는 일을 겪지 않아도 되었다.

그러니까, 엄마가 엄청난 사랑을 쏟아붓고 있다는 것을 아들이 느끼지 못하게 한 것이다. 이런 엄마 덕분에 민규는 일찍부터 하고 싶은 것은 스스로 찾을 줄 알았고, 한번 시작했으면 꾸준히 해야 한다는 것을 알았으며, 스스로 내린 결정에는 책임감이 따른다는 것도 배웠다.

그런 엄마한테 음악을 도움 받을 수 있을까? 엄마는 음치 중의 음치였다. 어렸을 때 엄마가 불러 준 노래를 다 자란 뒤에 들은 적이 있었다. 그 노래와 이 노래가 같은 노래였다니, 오, 마이 갓! 입이 떡 벌어지던 날이 떠올랐다. 터져 나갈 것 같은 열망을 가득 품고 망망대해 앞에 섰다. 거대한 파도에 흔들리는 배 중에서 어떤 배를 골라야 할지도 알 수 없었다. 음악에 대해 배운 것이라곤 초등학교 때 3년 정도 피아노를 배운 게 전부여서 당장 피아노와 화성학부터 배워야 했다. 민규는 티브이에서 방영 중인 시트콤 음악을 담당하는 사람을 찾아가 무턱대고 화성학과 피아노를 가르쳐 달라며 졸랐고, 인디밴드 중에서 자신과 성향이 비슷한 작곡가를 찾아가 미디 작업을 가르쳐 달라고 사정했다.

선생들은 아무것도 모르지만 열망으로 가득한 중학생을 기꺼이 받아 주었다. 하지만 대체로 불규칙한 생활을 하는 음악인으로부터 중학생이 무언가를 배운다는 게 쉽지는 않은 일이어서 그들 시간에 맞춰 아무 때나 버스와 전철을 갈아타고 도시의 이쪽 끝에서 저쪽 끝으로 달려가 갈망을 채워 왔다.

그리고 오늘, 민규는 악기를 잃어버렸다. 뜨겁게 뻗어 나가던 철길이 갑자기 뚝 끊긴 기분이었다. 아빠가 남긴 신시사이저는 끝까지 찾아봐야겠지만, 당장 곡 작업을 할 수 없다는 것이 견딜 수가 없었다. 대회 준비를 해야 하는데.

전철역에서 나온 민규는 냅다 달려서 3층 작업실까지 단숨에 뛰어올랐다. 오래달리기 1등하는 실력을 제대로 써먹는구나.

민규가 작업실 안으로 들어서자 주인 형에게서 무언가를 받아 적던 경찰이 건성으로 흘깃 돌아보았다가 움찔하고 다시 쳐다보았다.

"고등학생 맞아요? 아, 교복 입었지."

경찰관은 혼자 묻고 혼자 고개를 끄덕거렸다. 민규는 경찰에게 모델명을 또박또박 가르쳐 준 뒤 꼭 찾아 달라고 부탁했다. 꼭 찾아 주셔야 해요, 아버지가 남긴 유품이에요. 그렇게까지 말했다. 경찰은 수첩에 모델명을 적으면서 민규를 흘깃흘깃 쳐다보았다. 땀을 흘리고 숨을 헐떡거리면서도 흥분을 누르고 예의 바르게, 그러나 단호하게 말하는 품새가 왠지 고등학생답지 않게 압력을 주는 듯해서 기분이 안 좋은 것 같았다.

아빠의 롤랜드 팬텀을 찾을 거라는 희망을 품는 것은 신시사이저에 이니셜이 새겨져 있기 때문이었다. 중고로 시장에 나오면 한눈에 알아볼 수 있을 거다. 그러나 훔쳐 간 사람이 음악을 하고 싶어 훔친 거라면 중고 매장에 내놓지 않을 테고 그렇게 되면 되찾기는 힘들 거다. 이럴 때 민규가 할 수 있는 것이라고는 그저 경찰이 찾아 주기를 바라는 일과 중고 시장에 나오는 매물을 꼼꼼이 찾아보는 일밖에 없을 것이다. 하지만 대한민국 경찰이 좀도둑 잡는 일에 열정을 쏟았다는 얘기는 아직까지 들어 본 적이 없으므로, 가능성의 반은 날아간 것이다. 다른 경찰도 아니고 바로 눈앞의 경찰이 대한민국 경찰의 대표나 된 듯 온몸으로 보여 주고 있지 않은가. 설마 찾아 줄 거라고 믿는 건 아니겠지? 라고.

민규는 돌아가면서도 고개를 돌려 자기를 쳐다보는 경찰에게 속없는 사람처럼 씩 웃어 주고 싶었다. 그러나 뻣뻣하게 굳은 뺨이 움직여 주지 않았다. 언제나 생각은 그렇게 하지만 표정이 따로 노는 바람에 예상치도 않은 일을 겪을 때가 많았다. 눈매가 하도 날카롭고 매워서 중학교 때 전학 간 학교에서 일진짱이 전학 왔다고 소문이 났던 것 같았다. 쉬는 시간마다 학생들이 민규를 보러 교실로 몰려오곤 했다. 민규는 너무 곤혹스러워 쉬는 시간이 되면 얼른 책상에 얼굴을 묻은 채 엎드려 있곤 했다.

비쩍 마르고 키도 또래 중에서는 중키밖에 안 됐지만 눈을 항상 똑바로 보는 데다 뭔지 모르게 비장한 태도가 배어 있어서 과외 선생도 레슨 선생도 반말을 하지 않았다. 아니, 반말을 하기는커녕 한참 존댓말로 설명하다가, 아 참, 너 중학생이지? 하며 다시 말을 내리는 일을 되풀이했다. 조숙해도 상당히 조숙했던 거다.

민규는 혹시라도 악수해야 할 일이 있으면 일부러 손아귀에서 힘을 빼려고 애썼다. 그럴 생각이 전혀 없는데도 민규에게 적의를 느끼는 사람들이 많았다. 언젠가는 초등학생 때 살던 동네로 친구를 만나러 간 적이 있었다. 시간이 남아 피시방에 들어가 잠시 게임을 하는데 머리 뒤로 이상한 기운이 느껴졌다. 조심스럽게 고개를 돌려 보니 그 동네 일진들이 적게 봐도 열 명쯤 빙 둘러싸고 있는 게 아닌가. 아차.

한 녀석이 삐딱한 자세로 너, 뭐야? 어디 학교야? 너 여긴 왜 왔어? 하고 시비를 걸어왔다. 학교가 다르니 당연히 교복이 달랐고 지역이 멀리 떨어져 있다 보니 어느 학교인지 알 수가 없었던 것이다. 어느 학교인지 정체도 모르는 녀석이 자기들 구역인 피시방에 버젓이 앉아 있다? 손맛 좀 보고 싶다, 이거지? 이렇게 나오는 게 녀석들 생리였다.

이럴 때는 무조건, 저 아무도 아닌데요, 그냥 친구 만나러 왔어요, 하고 눈길을 피해 고개를 숙이는 게 상책이다. 근데 이놈들이 언제 왔지? 고개 숙이고 생각해 보니 좀 전에 누군가가 옆에 와서 앉는 걸 무의식적으로 힐긋 돌아봤던 게 기억났다. 심상치 않은 민규의 눈빛을 보고 그 녀석이 슬그머니 빠져나가 패거리를 불러온 것이었다.

민규가 적의가 전혀 없음을 내비치고 조심스럽게 일어나 피시방을 나서자 녀석들도 우르르 따라 나왔다. 친구에게 전화 거는 척하며 뒤를 돌아보니 녀석들이 다 낡은 자동차에 우르르 몰려 타는 게 아닌가. 중학생 일진 중에서도 짱급인 녀석들이 타는 차는 십 몇 년 전에

단종된 르망이었다. 남은 녀석들은 민규를 계속 노려보며 길을 따라 올라갔다. 이야, 옛날에 아빠가 타던 차네. 낯익은 차의 뒤꽁무니를 보고 있으려니 웃음이 나왔다.

이런 경우가 한두 번이 아니었다. 그래서 엄마는 낯선 사람을 보면 무조건 속없는 사람처럼 웃으라고 말했다. 웃음에는 이런 속뜻이 있다고 했다.

'나를 경계하지 마시오, 나는 당신을 해칠 생각이 없습니다.'

민규는 매일 연습 중이다. 가장 속없어 보이는 웃음을 짓는 법을. 하지만 그게 잘 안 된다. 있는 속이 없어져야 하는 건지 아예 속이 없어야 하는 건지를 모르겠다.

경찰이 가자 주인 형이 어깨를 다독였다. 민규는 의자에 털썩 주저앉았다. 신시사이저를 받치고 있던 받침대가 휑뎅그렁했고, 미디가 있던 자리는 그새 먼지가 내려앉아 있었다. 아빠의 유품이 사라졌고 당장 곡 작업을 못 하게 됐다. 가난한 소설가 엄마에게 값비싼 신시사이저를 사 달라고 말할 수도 없는데 방학이 되기 전에 곡을 완성해야 대회에 출품할 수 있었다. 주몽이 노래하기로 되어 있었고 대회 영상과 결과를 미국에 있는 동현이에게 보내 줘야 한다. 동현이가 중학교를 마치고 혼자 미국으로 떠날 때 서로의 꿈을 이루자고 다짐하며 했던 약속이다.

"어떡하면 좋죠? 곡을 완성해야 하는데, 시간이 없어요."

"다들 작업을 하고 있어서 빌릴 수도 없고."

"엄마한테는 말도 할 수 없어요. 중고로 사야 할 거 같은데, 알바를 해야겠어요. 시간당 알바 비 높은 게 뭐가 있을까요?"

주인 형이 아르바이트비가 센 게 있긴 한데, 지금 자리가 있는지 모르겠다면서 어딘가로 전화를 걸었다. 민규는 한 가닥 희망을 바라듯 간절히 형을 올려다보았다. 형이 뭐라 뭐라 하더니 눈을 반짝이면서 민규에게 오늘부터 당장 일을 시작할 수 있냐고 물어왔다.

"당근임다!"

돈을 모아 악기를 살 때까지 마냥 손을 놓고 있을 수는 없었다. 민규는 홍대 쪽 인디밴드 선생님에게 전화를 걸어 신시사이저 잃어버린 사정을 말한 뒤 빌릴 수 있겠느냐고 물었다. 그쪽에는 워낙 음악 하는 사람들이 많아 쉬는 기계가 있을지도 모른다는 기대를 품고. 선생님은 한번 알아보겠다고 하면서 기계가 없어 당분간 작곡 숙제를 할 수도 없을 테니 기계 구할 때까지 레슨을 쉬라고 했다. 민규는 신시사이저를 찾지 못할지도 몰라 알바를 해서 기계를 살 생각이라고 말한 뒤, 시간이 좀 걸릴 것 같다고 했다. 선생님은 자기가 기계를 알아볼 테니 조금만 기다려보라면서 전화를 끊었다.

알바까지 하면 학교생활은 더더욱 엉망이 되겠지. 지금도 간당간당한데. 하지만 이왕 달리기 시작한 거, 여기서 멈출 수는 없다고 생각하며 민규는 아르바이트를 뛰기로 했다.

주차장 야간 관리 요원. 밤새워 주차장을 지키는 일이다. 밤샘에는 자신 있다. 집에 가서 옷 갈아입고 엄마에게는 작업실에서 작업하고 아침에 오겠다며 대충 둘러댈 심산이었다. 엄마의 잔소리쯤이야 두 마디를 안 넘기고 딱 그치게 하는 재주가 있으니까 걱정 없다. 대한민국에서 가장 힘이 센 건, 대한민국에서 두 번째로 힘센 엄마를 꽉 잡고 있는 아들들이 아닐까? 더구나 그 아들이 입시생이라면 더 말할 나위 없고.

민규가 현관에 들어서는 소리를 듣고 엄마가 방 안에서 후다닥 뛰어나왔다. 민규는 집에 들어서면서 언제나 하는 말이 있다.

'엄마, 나 밥 먹어야 해.'

엄마는 언제나 그 시간에 맞춰 밥을 준비해 놓곤 한다. 민규는 밥을 먹자마자 작업실로 향했다. 엄마는 외출하지 않는 날엔 하루 종일 작업실 겸 침실인 방 안에서만 산다. 거실에 나와 티브이를 보는 일은 거의 없다. 민규가 가끔 예능 프로를 보면 함께 보며 이야기를 나누는 정도였다. 다른 엄마들처럼 친구들과 어울려 이 집 저 집 놀러 다니지도 않고, 찜질방 같은 데서 수다를 떠는 일도 없다. 일에 파묻혀 사는 엄마를 보면 민규는 마음이 무거워졌다.

엄마란 존재는 뭘까. 자식을 위해 할 수 있는 건 다 해 주려고 애쓰는 사람. 자기 생활은 물론 자기 할 일도 있을 텐데 언제나 자식 때문에 저렇게 종종걸음을 친다. 민규는 자신을 위해 초조해하고 자신을 위해 시간을 쪼개는 엄마가 있다는 게 좋다. 엄마를 즐겁고 행복하게 해 줘야 한다는 마음과 그렇게 해 줄 수 없을지도 모른다는 두려움이 항상 충돌한다. 자신은 언제쯤 엄마를 즐겁게 해 줄 수 있을까. 또 엄마는 언제까지 그를 믿고 기다려 줄까.

하지만 한편으로 민규는 차라리 엄마를 보지 않으면 작업에 집중할 수 있지 않을까 하는 생각도 들었다. 아예 집을 나가 작업실에서 생활하며 음악에만 묻혀 살 수 있다면 좀 더 빨리 작업이 진척되지 않을까. 자식에게 한없이 약한 엄마를 이용해 자신의 욕심을 채우려 한다는 것을 깨달을 때마다 죄책감이 들었다. 하지만 어쩔 수 없다. 지금 자신이 기댈 수 있는 사람은 엄마뿐이니까.

민규가 집에 와서 제일 먼저 한 일은, 메일을 열고 동현이의 소식을 체크하는 것이었다.

메일이 와 있어, 민규는 빠르게 답장을 썼다. 엄마가 밥 먹으라고 몇 번 부르더니 방으로 가져다줄까 하고 물었다.

도대체 엄마들은 밥상만 차리면 조금도 기다려 주지를 않아. 식은 밥 먹으면 큰일 난다나. 혼자 식은 밥 차려 먹는 날이 어디 하루 이틀인가. 저럴 때 보면 엄마는 집을 비우는 날이 단 하루도 없다고 착각하는 게 아닌가 싶다. 일 때문에 외출이 잦을 때는 혼자 밥 다 차려 먹었는데.

"동현이한테 메일 왔어. 다음 달에 패션 발표회 한대."

"오, 그래? 사진 찍어 보내라고 해. 나도 좀 보게."

'그놈의 사진은.'

"응."

"너도 대회 나간다고 하지 않았니? 잘 되어 가니?"

시침 뚝. 얼굴 표정 하나 바뀌지 않는 건 민규의 특기이다.

"응. 노래 부르는 애를 못 구해서 좀 그렇네."

"엄마가 알아볼까? 소설가 중에 노래 부르는 사람 많은데."

"됐어. 스타일이 달라."

"야, 요즘 우리 후배들 힙합이랑 록이랑 R&B 다 해. 록이 젤 많은 거 같더라만."

"아, 난 다르다고."

조금만 목소리 깔면 이내 얘기를 끝내는 엄마다.

"동현이 패션은 어떤 스타일인데? 그런 거 있잖아. 너네들 좋아하는 몽클레어 스타일? 뉴요커 스타일?"

"아, 쫌."

엄마 대답 또 뚝. 고등학생한테 무슨 그런 걸 바라, 하는 말은 하지 않아도 된다.

"엄마, 나 당분간 작업실에서 밤새워야 할 것 같아. 대회 준비가 잘 안 돼서 말야."

"학기 중에 어쩌려고 그래. 야, 잠 안 자면서 작업한다고 잘되는 거 아냐. 잘 안 될 때는 말이지, 잠깐 벗어나서 좀 노는 게……."

"아, 쫌."

"완전히 떠나면, 먼 곳으로 떠나면 큰 그림으로 볼 수 있게 돼. 그럼 확 터지는 순간이 있어."

이번엔 안 먹히네? 이럴 때는 얼른.

"응."

사인을 제대로 알아들었는지 엄마는 더 이상 말을 잇지 않는다. 엄마의 말을 끊은 게 살짝 미안해진다. 사춘기 아들을 둔 엄마들의 가장 큰 두려움은 아들과의 대화 단절이 아닐까. 엄마를 그런 두려움에 떨게 하고 싶지는 않다. 이럴 땐 조언을 청하는 척해 보는 것도 서로를 위해 좋다. 서랍장에서 팬티와 티셔츠를 꺼내 들고 욕실로 가면서 민규는 심드렁하게 물었다.

"엄마도 슬럼프에 빠질 때가 있어?"

"그걸 말이라고 하니. 허구한 날 슬럼프지."

"그걸 어떻게 이겨 내?"

"이겨 내지 않아. 그냥 지나 보내는 거지. 진땀 빼며 원고를 들여다보면 억지로 한 줄 정도는 쓸 수 있어. 겨우 한 줄이야. 근데 쓸모없는 한 줄이기 십상이지. 그럴 때는 과감하게 원고를 딱 덮어. 그러곤 아무 생각 하지 않고 쉬는 거지. 책을 보거나 영화를 보거나. 어쨌든 생각을 딱 접고 딴짓하다 보면 어느 순간 나를 책상 앞으로 끌어당기는 글이 터져. 꽉 막혔던 물꼬가 터지면서 한참을 달려갈 수 있는 힘이 생기는 거야. 나는 떠난 것 같지만 정말 떠난 건 아니거든. 민규야, 그러니 너무 조급하게 생각하지 마. 네 삶은 네가 생각한 것보다 길어."

기회는 이때다 싶을 때 하고 싶은 말을 하는 엄마지만 역시 눈치는 빠르다. 더 길게 얘기해서 짜증 나게 하지는 않는다.

"응."

욕실로 들어간 민규는 샤워기를 세게 틀었다. 거센 물줄기가 얼굴 위에 쏟아졌다. 빗속에서 혼자 울고 있는 기분이다. 또 하나의 장애를 만났다. 음악을 하겠다고 결심하고부터 한 발 한 발이 장애였다. 망망한 대해, 아님 컴컴한 정글 속을 혼자 헤쳐 나왔다. 아무도 무엇부터 하라고 알려 주지 않았고, 아무도 나서서 가르쳐 주지 않았으며, 누구를 선생 삼아야 할지 알려 주지도 않았다.

엉킨 실타래에서 실을 풀어내듯 머릿속에서 끊임없이 생겨나는 알 듯 말 듯한 음을 조심조심 찾아내고 다듬어 가며 낯선 길을 걸어왔다. 민규는 중학교 3학년 2학기 때 혼자 미국의 디자인 스쿨로 떠난 동현이가 처음 보냈던 편지를 떠올랐다.

Hi, 민규

너와 함께 이 여행을 하지 못한 게 아쉽기만 하다. 너도 한번쯤 이 하늘을 날아 보기를.

나, 완전히 혼자서 한국에서부터 일본을 경유해 시카고를 거쳐 이곳, 작은 도시에 짐을 풀었다.

일본의 간사이 공항에서 미국행 비행기를 갈아타기 위해 기다리는 동안 그 거대한 공간을 혼자 걸었어. 까딱 잘못하면 길을 잃을 것만 같아서 정신을 바짝 차려야 했지. 여덟 시간이나 기다려야 했기에 의자에 누워 잠을 자 두라고 엄마가 말했지만, 그럴 수가 없었거든. 간사이 공항이 너무 멋져서. 착륙하기 전에 푸른 바다 위에 피어 있는 하얀 꽃잎 같은 공항을 보았기 때문에 가만히 앉아 있을 수가 없었지.

간사이 공항은 인공 섬 위에 세워진 공항이야. 공항을 돌면서 한참 경치를 구경하다가, 다시 공항 안을 둘러보았어. 밥도 사 먹고 군것질도 했지. 누나에게 선물할 휴대 전화 액세서리도 좀 샀고. 일본은 고양이 인형이 많잖아. 누나가 고양이를 좋아하거든.

그리고 드디어 미국, 시카고의 오헤어 공항에 내렸어. 거기서 다시 비행기를 갈아타야 했어. 세계에서 가장 큰 공항. 그게 오헤어 공항이래. 정말 겁날 정도로 놀랐어. 공항이 아니라 거대한 도시 같았어. 길을 잘못 들면 다시 돌아 나오기가 어려울 만큼 거대했어. 통로 하나하나가 커다란 도로 같았으니까. 번잡하거나 분주해서 그런 건 아니야. 아주 정결하고 격조 높은, 빈틈없이 세련된 도시였어. 나는 세계의 문을 열고 나온 거야. 그날을 결코 잊지 못할 것 같아.

그러고는 작은 도시로 왔지. 누나가 마중 나올 거라고 했는데 못 나왔어. 일이 있었대. 그럴 줄 알았어. 누나는 내가 오든 말든 아무 관심 없으니까.

가디언이 알려 준 곳에서 기다렸어. 구경하면서 돌아다니고 싶었는데 꼼짝하지 말라더라고. 여기서는 내 나이에 혼자 돌아다니면 당장 경찰 출동하고 가디언은 구속이야. 등록된 학교로 갔고 가디언이 절차를 밟아 주었어.

그리고 지금 사흘 지난 거야. 난 물론 첫날부터 옆에 있는 녀석들과 친구 먹었지. 하이, 난 동현이야. 서울에서 왔어. 너희들과 함께 공부하게 되어 무척 기뻐. 술술 잘 나오던데? 웃을 수도 웃지 않을 수도 없는 녀석들 얼굴을 네가 봤어야 하는데. 하하.

동현이라면 충분히 그러고도 남을 것이다. 동현이는 세계 어디에 떨어져도 금방 친구를 사귈 것이고, 금방 따뜻한 밥을 얻어먹을 수 있는 아이였다. 동현이 엄마 역시 얼마 전까지 패션 디자이너였다. 하지만 일이 잘 풀리지 않아서 그만두고 다른 일을 하고 있는데 명동에 아직 작업실을 갖고 있었다. 동현이는 그 작업실에서 옷과 가방을 만들었다. 동현이가 동대문에서 옷감과 단추, 지퍼를 살 때 민규는 한번 따라가 본 적이 있었다.

원단을 담은 커다란 부직포 가방을 메고 명동의 지하 작업실 문을 열어젖혔을 때 민규는 깜짝 놀라 뒤로 넘어질 뻔했다. 아무도 없으리라 생각했던 어둠 속에 누군가가 우뚝 서 있었던 것이다. 성큼 발을 들여놓는 동현이의 옷자락을 잡아채며 도망치려다 동현이와 발길이 엉켜 그만 나동그라지고 말았다. 알고 보니 옷을 시침질할 때 입혀 보는 용도로 쓰는 마네킹이었다. 마네킹은 요란한 디자인의 티셔츠를 입고 끈이 기다란 가방을 사선으로 메고 있었다. 널따란 책상이 두 개 있었고 그 위에는 온갖 옷감이 펼쳐져 있었으며 한구석에는 언제부터 쌓였는지 알 수 없는 천들이 산더미처럼 놓여 있었다. 아무렇게

나 붙여 놓은 패션 그림들이 책상 뒤의 벽을 가득 메웠고, 새로 옷을 만들 때마다 작성한 스케치를 붙인 두꺼운 판자들이 책상 위에 놓여 있었다.

동현이는 손으로 바느질한 흔적이 분명한 연분홍 재킷과 납작한 가방들을 성의 없이 보여 주었다. 야, 재킷도 만들었냐? 장인이 한 땀 한 땀 손으로 수놓은 거 같은데! 민규는 감탄했지만 동현이는 부끄러워했다. 그런 건 입지도 못해, 실습용이야. 민규는 오히려 자신이 더 부끄러웠다. 동현이가 벌써부터 이렇게 많은 시간을 옷감 자르고 재봉질하며 보냈다니. 동현이는 친구들에게 말도 안 하고 방과 후에 이 작업실에서 시간을 보내고 있었던 것이다. 그러더니 결국 디자인 스쿨에 가고 싶다면서 정보를 모으기 시작했다. 우리나라에도 프랑스 패션 회사의 디자인 스쿨이 들어올 예정이라는 둥, 그런데 이제부터 추진하면 몇 년은 걸릴 것이라는 둥 읊어 대더니 어느새 미국에 있는 예술 고등학교를 알아보았다. 미국에서 누나가 고등학교를 다니고 있었으나 동현이는 아는 사람 하나 없어도 갈 수 있는 녀석이었다. 엄마가 등록 과정을 도와줬다곤 하지만 녀석은 온전히 혼자서 미국에 발을 내디뎠다. 학교에서 미술을 배우며 자기 재량으로 디자인을 하고 있었다. 그런 활동을 충분히 보장해 주고 지원하는 게 미국 학교의 가장 큰 장점이라고 했다. 서울에 있는 대학에 갈 수만 있어도 절반은 성공했다고 생각하는 한국의 일반계 고등학교에 다니는 민규로서는 부럽고 부럽기만 했다.

민규가 볼 때 동현이의 시작은 자메이카의 밥 말리가 미국에 내디딘 첫발자국 못지않은 것이었다. 동현이는 떠나기 전에 약속을 하자고 했다. 1년 안에 저마다의 꿈을 향해 가는 모습을 서로에게 보여주는 대회나 발표나 공연을 하자고. 우리의 스타트를 분명히 찍자고.

동현이는 저렇게 잘해 나가고 있는데, 나는 뭐지?

21세기에도 학교는 감옥이야

 그토록 많은 밤을 새웠건만 아무 생각 없이 어둠 속에 묻혀 있는 스무 대가량의 차를 지키는 것은 만만한 일이 아니었다. 새벽 5시 반에 차주 한 사람이 차를 가지러 나왔을 뿐이었다. 차 키를 건네주고 일지에 기록한 뒤 잘 나가는지 살펴보면, 그걸로 끝이었다. 6시에 출근한 직원과 교대하고 민규는 총알같이 뛰어왔다. 오늘 밤엔 책이라도 가져와 읽든가, 귀마개처럼 커다란 헤드폰을 챙겨 와서 못 들어 본 음악을 찾아 들어야겠다.

 교대하자마자 집으로 가서 아침밥을 대강 입안에 쓸어 넣었다. 엄마는 잔소리를 하고 싶은데 꾹 참고 안 보는 척하며 민규에게서 눈을 떼지 않았다. 초고속으로 씻고 교복을 걸치고 뛰어나올 때까지는 몰랐는데 버스에 올라타자 기다렸다는 듯 졸음이 쏟아졌다. 자리도 없어 매일 서서 가느라 그동안은 졸린 줄도 몰랐는데 버스 손잡이에 머리를 계속 부딪치며 졸았다.

민규는 작곡에 빠져들면서 시간 가는 줄 모르고 날밤을 새운 적이 하루 이틀이 아니었다. 날밤 새우고 푹 잠긴 목소리로 밥 달라고 하면 엄마는 말했다. 제발 잠도 좀 자면서 해라! 그럴 때 민규는 목소리를 깔았다. 내 나이엔 쇠도 씹어 먹을 수 있어, 며칠 잠 좀 안 잔다고 사람 죽지 않으니까 호들갑 좀 떨지 마셈.

그나저나 수업 시간에 졸릴 것은 분명하고 선생님들에게 한마디씩 핀잔 들을 일을 생각하니 벌써부터 짜증이 났다. 교문 앞에서 주몽이 또 민규의 등짝을 치며 아침 인사를 했다. 주몽의 인사법이 그렇다는 건 익히 알고 있지만 민규는 좀처럼 익숙해지지 못하고 매번 화를 냈다.

"아, 난 손버릇 나쁜 인간들은 딱 질색인데."

손버릇 나쁜 인간치고 다른 버릇 좋은 것 못 봤고 인간성 좋은 것도 못 봤다고 한두 번 얘기한 것도 아닌데 그 버릇을 못 고친다는 민규의 말에 주몽은 터프한 남성의 인사법에 아직도 길들여지지 않았다니 쯧쯧, 하고는 곧바로 물었다.

"어떻게 됐냐? 도둑은 잡았냐? 나, 노래할 수 있는 거냐?"

"알바 시작했어."

"뭐? 기계 사야 하냐? 무슨 알바 하는데?"

"주차장 야간 관리원."

"뭐어? 이거 큰일 났네. 그러면 도둑 못 잡는 거냐?"

"어제 경찰 얼굴 보니까 딱 도둑 못 잡게 생겼더라. 기계 값 버는 수밖에 없겠더라고. 경찰이 왜 도둑 잡을 생각부터 하지 않고 도둑맞은 사람 얼굴이나 야리고 있냐 말야."

"아, 네가 도둑 같았나 보지. 수갑 안 채우디? 잘 봐라, 너네 작업실 쓰레기통에서 잠복할지 모른다니까."

그때였다. 교문 앞에서 등교 지도를 하는 아저씨들 앞을 통과하는 순간, 주몽의 몸이 휙 돌아가더니 곧바로 따귀를 얻어맞고 휘청거렸다. 영문도 모른 채 맞은 주몽이 뺨을 감싼 채 어리둥절한 얼굴로 아저씨들을 쳐다보았다. 아저씨 중 하나가 너 이리 와 하면서 손가락을 까딱거렸다. 주몽이 주춤주춤 다가갔다.

"너, 교복 윗도리 한번 봐!"

주몽이 교복을 내려다보곤 아무 문제 없다는 듯 인상을 확 구겼다. 그러자 아저씨가 거친 손으로 주몽을 빙글 돌려 세웠다. 주몽의 교복 상의 뒷자락이 바지 속에 들어가 있었다. 아저씨가 윗도리를 쑥 잡아 빼며 등을 탁 쳐서 밀어냈다. 거기엔 벌써 아저씨들에게 따귀를 맞고 나뒹굴거나 휘청거렸던 아이들이 엉거주춤 몰려서 있었다. 그 뒤쪽에서 지도부 선생님이 나오더니 아이들을 향해 지도봉 끝으로 운동장을 가리켰다.

"다들 운동장으로 가!"

주몽은 어슬렁어슬렁 운동장 쪽으로 갔다. 민규가 그 뒤를 따라가며 염장을 질렀다.

"복 터졌다, 인마. 덩치나 작아야 끌고 뛰어 주지."

주몽은 거의 흑인만큼이나 덩치가 컸다.

"네가 나를 끌고 뛰어 준다고? 내 앞에 나타나지나 마라. 이게 다 너 때문이야. 덤터기도 하루 이틀이지. 나, 이제 너를 배신 때린다."

주몽이 주먹 쥔 오른손으로 왼쪽 가슴을 두 번 치고 민규를 향해 가운뎃손가락을 뻗었다.

"그건 또 뭔 소리래. 왜 나 때문에 덤터길 썼다는 거야."

"네 옆에만 있으면 저주가 걸리잖아. 이러다 내가 몸 성히 졸업이나 제대로 할 수 있을지 모르겠다."

"아, 그러셔? 여드름 막 돋는 거 보니까 무지 공포 돋는다, 저주 걸린 얼굴이시라 역시 다르구나."

"확! 여드름 국물 멕여 뿔라."

"기름 좀 확실히 빼고 와라."

주몽은 운동장으로 뜀뛰기하러 갔고 민규는 교실로 올라갔다. 장난스럽게 주몽을 보냈지만 민규는 속이 끓어올랐다.

아침마다 되풀이되는 광경이어서 새삼스러울 것도 없었다. 등교 지도에서 지적당한 아이들은 운동장에서 세 바퀴 돌기와 제자리 뜀뛰기와 팔 굽혀 펴기를 50개씩 하고 나서야 교실로 들어올 것이다. 제대로 못 하면 지도봉으로 엉덩이를 얻어맞고, 원 플러스 원으로 욕까지 얻어먹을 것이다. 엄마는 무슨 21세기의 고등학교가 20세기랑 똑같냐고 했지만 Y 고등학교는 자랑스러운 군대식 학교라는 전통을 내세우는 것을 몰라서 그런다.

Y 고등학교는 엄격한 규율을 내세워 조그만 잘못도 결코 용납하지 않는다는 의지를 강력하게 실천함으로써 입학 초부터 학생들을 완전히 장악하고 통제하는 능력을 보여 주고 있었다. 고등학교 1학년쯤 되면 이를 받아들이지 않고 강하게 반항하는 아이와 기꺼이 순응하는 아이로 나뉜다. 이제 교실에 가면 민규만을 위한 벌이 기다리고 있을 것이다. 지금까지 보여 준 태도로 미루어 어떤 벌이 기다리고 있을지 자못 기대해 봄 직했다. 민규로서는 규칙을 어겼으니 벌은 달게 받을 것이다. 다만 악기를 살 돈을 모으는 데 별 지장이 없기만 바랄 뿐이었다.

민규는 말하자면 외톨이였다. 서울에서 가장 규율이 엄격하다는, 그래서 높은 진학률을 자랑하는, 그러나 알고 보면 진학률이 그리 좋지도 않은, 높은 진학률을 가장하기 위해 엄격한 교칙을 자랑삼는 것뿐인 Y 고등학교에 자진해서 들어왔다. 하지만 아침마다 교문 앞에서 복장과 가방 속을 점검하는 것에 순순히 응할 수가 없었다. 아직까지 머리 길이 가지고 실랑이하는 학교가 있냐고? 이런 것을 묻는 사람들은 학교 실정을 몰라서 하는 말이다. 대부분의 학교가 아직까지 머리 길이를 엄격히 지킨다. 마치 그것을 소홀히 하면 작은 구멍 하나 때문에 둑이 무너지듯 학교 규율 자체가 무너질 것이라고 생각하는 것 같다. 진학률 높은 학교일수록 복장은 엄격했다. 강남 한복판에 서서 지나가는 고등학생들을 보면 더 잘 알 수 있다. 얼마나 착실

44

한 범생이들만 있는지.

한창때라 머리카락이 쑥쑥 자라는 아이들은 일주일만 지나도 수북했다. 신경 쓰기 싫어서 아예 바짝 깎으면 반항하는 거냐고 또 혼났다. 머리가 몇 밀리미터 자란 것을 신경 쓰느라 1주일이나 2주일에 한 번씩 미용실에 가야 하는 게 더 비합리적이지 않느냐고 선생님에게 물으면 별일 아니라는 듯 대답할 것이다. 2주일에 한 번씩 날 정해 놓고 이발해라.

민규와 현수는 허리띠 착용을 안 했다느니, 교복 바지를 좁게 줄였다느니, 머리가 귀를 살짝 가렸다느니 하면서 사소한 것으로 트집 잡고 등굣길에 아이들에게 손찌검하는 아저씨들의 정체가 궁금했다.

애들에게 물어보니 다들 누군지 모른다고 했다. 그나마 현수가 알아본 바로는 전직 경찰과 군인으로 이루어진 '학교 폭력 지킴이' 같다고 했다. 그러면 학교 폭력이나 단속할 일이지 현직 선생도 아닌 사람들이 무슨 권리로 학생들의 뺨을 때려 대느냐 말이다. 아침에만 불쑥 나타나서 무지막지하게 애들을 때리고는 어깨를 우쭐거리며 사라져 버리는 사람들이 무슨 학교 폭력을 예방한다는 건지. 학교 폭력의 실체는 이런 동물적인 권위로부터 시작된다는 걸 몸소 가르쳐 주려는 것일까?

이들에게 학교 폭력 지킴이라는 역할을 부여한 운영 위원회 위원들은 그들이 지금 무슨 일을 하고 있는지 알고나 있을까? 알고 있다면 이렇게 월권행위를 하도록 전교생과 그 학부모들로부터 위임을 받은 것인지 따져 보고 싶다. 고등학생들을 얼마나 얕잡아 보면 이럴 수 있는 걸까.

우리 힘으로 알아보기 힘들 땐 진보 매체 신문사에 조사를 의뢰하자고 현수와 대강 입을 맞춰 놓은 상태다. 현수는 학생 인권에 관심이 많아서 그런 월권행위를 인정할 수 없다는 신념을 가지고 있지만 한편으로는 반장으로서 학교 결정 사항과 충돌한다는 점 때문에 어정쩡, 엉거주춤한 태도로 일을 시원하게 진행시키지 않고 있었다.

민규는 그런 현수를 비웃었다.

"야, 네가 지금 감시해야 할 인권이 뭔지나 아냐? 폭력으로부터 학생들의 인권을 감시해야 하는 거야, 인마! 그깟 휴대 전화 하나 소지하냐 못하냐보다 더 중요한 일이란 말야."

"문제가 좀 심각해. 학부모들이 동의한 일이거든."

우리가 입학하기 훨씬 전에 선배의 학부모들이 동의했다는 것이다.

"하지만 그건 학교 폭력에 관한 거잖아, 이건 전혀 다른 일이고."

"학부모들에겐 그게 그거야. 아니, 이게 훨씬 더 필요하다고 생각할지도 몰라. 교칙이 엄격하면 학교 폭력은 일어나지 않을 거라고 생각하니까."

헐!

내 아이들에게 규율을 엄격히 적용시켜 공부에만 전념하게 해 주세요, 내가 그 학교에 아이를 보낸 것은 바로 그 때문입니다. 자율은 무슨 자율, 우리 아이는 아직 자율을 알지 못하니 두들겨 패서라도 공부만 시켜 좋은 대학에 보내 주세요, 라고 했다는 말이다. 아이들이 어릴 때는 학교에서 부당한 대우를 받는다고 생각되면 아이의 기를 죽인다고 발끈하는 학부모들이, 아이가 고등학생쯤 되고 보면 기를 죽이든 살리든 대학만 잘 보내 달라고 부탁한다. 다른 사람들이 아니라 바로 주몽의 부모가, 다영이의 부모가, 은서의 부모가.

민규는 뒤통수를 긁적이고 있는 현수에게 내뱉었다.

"이런 일은 세상에 널리 알려야 하는 거야! 네가 해야 할 일이 그거라고!"

민규는 이 일에 대해 엄마와 얘기했었다. 엄마는 학교 안에서는 선생님만 학생을 지도할 권리와 책임이 있다고 했다. 선생 아닌 사람은 그게 누구든 학생을 강제로 지도할 수 없으며, 더구나 함부로 때릴 수는 없다고 했다. 그래서 민규는 그 아저씨들이 행여 한 대라도 때리면 국가 인권 위원회에 제소할 것이며 인터넷과 신문사들을 들쑤셔서라도 문제화시킬 거라고 허락도 받아 놓은 터라 당당하게 교문을 통과했다. 불행인지 다행인지 아직까진 한 번도 맞은 적이 없었다.

학교 폭력을 예방할 목적이라면 학생과 학부모들의 여론을 모으고 합의점을 도출해서 학원법을 개정하고 그에 따른 합법적인 교육 방법을 모색해야 하는 거 아닌가? 단지 어깨에 힘주고 거들먹거리며 어린 학생들을 상대로 주먹이나 휘두르고 싶어 하는 사람들에게 선생이 해야 마땅할 등교 지도를 떠넘기는 것은 문제가 아닐 수 없다. 더구나 그런 문제를 감시해야 할 학부모가 되레 자기 자녀를 폭행할 권한을 넘겨주는 것은 결코 용납할 수 없는 문제라는 게 민규와 민규 엄마의 의견이었다.

학부모들은 학교 폭력 지킴이가 교문을 지키면서 학생들을 때리는 일에 관해서는 관심을 거의 끊은 게 아닌가 싶었다. 현수는 반 친구들에게 아침마다 벌어지는 일을 엄마에게 말해 본 적이 있는지, 그리고 엄마들은 뭐라고 대답하는지 물어보았다. 대부분의 엄마 아빠들이 학교 다니던 시절에 겪었던 일이므로 크게 문제 될 게 없다는 반응이었다. 엄마들은 대체로 이렇게 대답했다.

"니들이 규칙을 잘 지키면 그런 일이 없잖아. 말이나 잘 들어."

하지만 몇몇 아이들은 그렇지 않았다. 민규나 현수처럼, 스스로 정한 자기 규율이 중요하지 강제적이거나 타당성이 없는 규율에는 끝까지 거부하겠다는 의지를 갖고 있었다. 절대로 자기 권리를 헐값에 넘기지 않는다!

민규가 좀 전에 현수에게 휴대 전화 어쩌고 했던 것은 현수가 학기 초에 휴대 전화 소지 문제로 학교에 맞선 적이 있었기 때문이다. 교내에서 휴대 전화는 금지 물품이고 휴대 전화를 소지했을 때 무조건 압수하고 벌점을 매기겠다는 것을 가정 통신문으로 보내면서 휴대 전화를 소지하지 않겠다는 서약서에 이름을 쓴 뒤 부모와 학생이 날인하도록 했다. 현수는 휴대 전화를 소지하지 말아야 한다는 통신문을 보내는 것은 이해하지만 서약서까지 쓰게 하는 점은 인권 침해의 소지가 있다고 생각했다.

대부분의 아이들은 별생각 없이 서약서를 작성해 제출했다. 물론 그것이 전적으로 옳다고 생각해서 그런 것은 아니었다. 가정 통신문 따위, 내용에 상관없이 그저 도장 찍어서 내면 된다고 생각했던 것이다. 민규 역시 엄마에게는 보여 주지도 않고 학부모 사인난에 대강 사인을 그려 제출했다. 안 가지고 다니면 되고, 어쩌다 걸리면 뺏기고 벌점 받지 뭐 했을 뿐 서약서의 의미를 깊이 생각한 아이들은 별로 없었다.

그런데 현수는 서약서를 제출하지 않았던 것이다. 담임이 왜 제출하지 않느냐고 묻자 현수는 그 어떤 규칙에 관해서도 서약서를 쓰게 해서는 안 된다고 생각한다고 대답했다. 교칙이나 규칙은 어길 수도 있고 실수할 수도 있는 것이니까 그에 합당한 벌을 받으면 되는 건데, 청소년들에게 맹세의 의미를 갖는 서약을 하게 한다는 건 스스로 한 서약을 어겼다는 점을 부끄럽게 만들겠다는 거잖아요? 이건 인권 침해의 소지가 있어서 저는 동의할 수 없습니다. 그렇게 똑똑하게 말해 버렸다.

서약서에는 학부모 동의란도 있기 때문에 담임이 네 부모님은 어떻게 생각하느냐고 묻자 현수는 저희 부모님은 제 의견이 옳다고 생각하십니다, 제 생각대로 하라고 하셨습니다, 라고 했다. 담임은 무언가 생각하는 듯하더니, 그래? 그럼 그렇게 알고 있겠다, 고 했고 그것으로 문제는 일단락되었다.

그 뒤로 한동안 현수는 담임의 태도에 민감해 있었다. 정작 담임은 아무렇지도 않은데 현수는 걸핏하면 얼굴을 붉히면서 고개를 떨구어, 주몽이 현수 옆구리를 쿡쿡 찌르며 '너, 담임 사랑하냐?' 하고 약을 올리게 만들었다. 이 사건은 담임과 반 아이들만 알고 있던 일이어서 크게 문제 될 게 없었다.

그런데 얼마 전에 작다곤 할 수 없는 사건이 터진 것이다. 아이들 사이에선 '위탁 급식 대첩' 또는 '현수 엄마 선빵'으로 불리는 사건이었다. 중간고사 기간에 현수 엄마가 시험 감독 참관을 하러 학교에 왔다가 그만 교감과 충돌하고 말았다. 교감 선생님이 시험 감독을 마친 학부모들에게 도서실로 모이라고 한 뒤 다짜고짜 위탁 급식 동의서를 나눠 주며 서명하라고 했다.

위탁 급식은 업체에서 조리한 것을 가져와 살짝 데워 주는 정도이고 업체 선정 과정에서 단가를 낮추다 보면 음식의 질이 떨어지는 건 물론이거니와, 무엇보다 유통 과정에서 음식이 상할지도 몰라, 위탁에서 직영으로 바뀌고 있는 실정을 모르는 학부모는 없었다.

교육청에선 학생들의 건강을 위해 모든 학교들에 직영 급식을 권고했고 학부모들도 원하는 바여서 대부분의 학교들이 직영 급식 쪽으로 바꾸고 있었다. 그런데 위탁 급식 동의서라니? 학부모들이 동의서를 읽어 보더니 의아한 얼굴들을 하고 바라보았다. 설명의 필요성을 느낀 교감이 손을 비비며 자, 제 말씀 좀 들어 보세요, 하고 말했다.

"직영으로 전환하는 것은 우리나라 실정에는 아직 이르다고 생각하고요, 게다가 우리 학교로서는 예산 문제도 있고, 어려운 상황이라서 말입니다. 교육청에 탄원서를 올리려 하니까 부모님들이 좀 도와주셔야겠습니다."

바로 그때, 현수 엄마가 총대를 메고 나선 것이다.

"위탁 급식과 직영 급식의 장단점을 정확히 알려 주세요. 그걸 알아야 저희도 결정할 수 있으니까요."

그러자 교감이 눈가에 웃음을 지으며 친절하게 대답했다.

"일단 위탁 급식은 믿을 만한 업체에서 만들기 때문에, 아시죠? CM 푸드 같은 데서 하니까 품질은 믿을 수 있고요. 또 급식비도 내려갑니다. 그에 비해 직영으로 하면 선생님들이 장을 봐야 하고 그래서 시간을 많이 뺏기게 되죠. 우리 아이들 공부하고 생활하는 데 신경을 더 많이 써야 하지 않겠습니까? 선생님들이 아침에 장 보러 다니면 정신도 없고."

"아니, 선생님들이 무슨 장을 봐요? 장 보는 건 영양사들이 하는 일이죠. 아니, 그것도 영양사가 직접 장 보는 게 아니라 업체에 신청하면 가져다주고 영양사는 감수만 하면 될 텐데요."

"모르시는 말씀이에요. 직영하려면 식당도 지어야 하고, 영양사 관리도 해야 하고, 얼마나 복잡해지는데요. 어머님들, 학교에선 학생들 공부하는 데 좀 더 신경 쓰려고 그러는 거니까 도움이 되도록 서명 좀 해 주세요. 우리 아이들 가뜩이나 관심과 배움이 필요한데 그럴 시간이 부족하다는 게 안타까워서 그럽니다."

학부모들은 대부분 위원회 임원들이어서 학교 측의 요구를 무시할 수 없었다. 결국 서로 눈치를 보며 서명했지만 현수 엄마는 단호히 거부했다. 아이들의 공부를 빌미로 학부모를 판단력도 없는 무지렁이 취급한 것이 현수 엄마로서는 참을 수가 없었던 것이다.

"제가 아는 바로는 직영 시스템은 교육청에서 강력히 권고하고 있는 사항이고요, 위탁업체에 대한 만족도를 조사해서 게시해야 하는 것으로 알고 있는데 홈피 어디에도 없어서 안 그래도 문의하려던 참이었어요. 마침 잘된 것 같네요."

교감이 아차, 잘못 걸렸구나 싶었는지 서명한 학부모들을 먼저 돌려보내고 서명하지 않은 학부모 두어 명과 현수 엄마를 교감실로 데리고 갔다.

"얼마 전에 제 아들이 그러더군요. 음식에서 철수세미가 나왔다고요. 담임선생님께 말씀드렸는데 여태껏 아무 대답도 없었대요."

"아, 몇 학년 몇 반 누구 엄마시더라?"

현수 엄마는 또 한 번 기분이 상했다. 누구 엄마냐니? 학부모에게?

"1학년 3반 김현수 학부모입니다."

"아, 그래요. 급식 만족도 설문 조사도 다 했고요, 홈피에 올려져 있을 거예요."

"제가 홈피 샅샅이 살펴봤는데 없었어요."

"아, 그게 대외비로 되어 있어서 볼 수는 없을 거예요."

교감은 계속해서 거짓말을 늘어놓았고, 그것을 참을 수 없었던 현수 엄마는 더 세게 압박해 들어갔다.

"제가 교육청에 물어보았어요. 학교에서는 급식 관련 만족도와 불만 사항을 분기별로 조사한 뒤 게시하게 되어 있고, 누구나 그 내용을 열람할 수 있다던데요."

"어허. 현수 엄마, 너무 깐깐하시네. 공고했다가 시간 지나서 내렸을 수도 있잖아요."

교감에게 연달아 현수 엄마라고 불린 현수 엄마가 마침내 폭발하고 말았다.

"학부모에게 엄마라고 부르는 거, 예의에 어긋나신다고 생각되네요. 먹는 것보다 공부가 중요하다고 말하면 학부모들이 모두 응할 거라고 생각하셨나요? 교감·교장 선생님들 일이 더 많아지는 건 사실이겠죠. 영양사 관리며 식당 관리며, 음식 문제가 일어났을 때 책임질 일까지, 힘든 일이 더 많아지시겠죠. 하지만 그건 당연히 해야 할 일 아닌가요? 학부모들이 임원들이다 보니 마지못해 동조하는 것이지, 다들 좋아서 서명한 건 아닐 거예요. 이렇게 눈 가리고 아웅 하는 것이⋯⋯."

부끄럽지도 않나요? 하고 묻고 싶었지만 현수 엄마는 그쯤에서 말을 멈추었다. 선생님들이 오며 가며 힐긋힐긋 현수 엄마를 돌아보았고 교감은 재수 없이 잘못 걸렸다는 표정을 짓고 있을 뿐, 사태를 수습할 생각이 전혀 없어 보였기 때문이다. 어이없는 건 선생님들이 장을 봐야 한다는, 그래서 학생들 가르치는 데 쓸 시간을 뺏긴다는 핑계를 댔다는 점이다. 학부모들이 그 정도도 모른다고 생각한 것일까.

공부 핑계만 대면 아무 이유나 끌어다 대도 된다고 생각한 것일까.

대다수 부모들에게 공부는 다른 모든 것들에 우선하기 때문에 탐탁지 않지만 서명했던 것이다. 그런 까닭에 현수 엄마가 아무리 들고 나서도 동조할 사람이 거의 없을 듯싶었다. 교육청에 강력히 감사를 요구할 생각이지만 금방 해결될 것 같지도 않았다. 어차피 직영 급식 시스템을 도입하는 것은 시간문제이고, 당장은 현수가 학교에서 선생님들과 편하게 지내지 못하는 게 문제였다. 현수 엄마가 아무리 현수에게 선생님들 눈치 볼 것 없이 당당하게 다니라고 했다지만 선생님들과 부딪치는 건 엄마가 아니라 현수였다.

아니나 다를까, 현수는 다음 날 교감에게 불려 갔다. 교감실에서 엄마가 난동을 피웠다는 말과 함께 도대체 반장 엄마가 무슨 생각을 갖고 있는지 모르겠다, 이렇게 난동을 피우면 아들의 학교생활이 편치 않으리라는 건 모르는가 보다, 라는 말을 들어야 했다.

현수는 엄마가 잘잘못을 분명히 가렸을 거라는 걸 짐작했다. 하지만 난동을 피웠다는 말을 그대로 전했다가는 당장 교육청에 건의하고 교감으로부터 공개 사과를 받으려 할 게 뻔해서 혼자 꾹 삭여 넘긴 것이었다. 대부분의 선생님들이 그 사건을 알고 있었고, 담임 역시 마찬가지였다. 물론 어느 선생님도 이 일에 대해 특별히 뭐라고 하지는 않았다. 하지만 현수로서는 담임 표정이 조금만 굳어 있어도 반장이 자꾸 학교 일에 반대하니 피곤할 거라고 지레짐작해서 풀이 죽어 있었다.

10대. 이 시기의 학생들은 대부분 학교생활이나 친구 관계에서 힘든 일을 겪는데, 아무리 힘들어도 부모에게 말을 못한다는 공통점을 가지고 있다. 부모가 걱정할까 봐, 또는 부모가 나서도 해결할 수 없는 일이어서, 또는 부모가 관심을 두고 있지 않아서, 결정적으로는 부모가 나섰다가 오히려 일이 더 커질까 봐. 그리고 무엇보다 친구들과 부모에게 외로운 존재라는 것을 들킬지도 모른다는 두려움 때문에.

홍마담 사건이 벌어졌을 때 현수가 여느 때와 달리 서둘러 나서서 진정시키지 않고 세상의 온갖 고뇌를 짊어진 듯 앉아 있었던 것도 바로 엄마가 일으킨 위탁 급식 동의서 사건이 있었기 때문이었다. 의식은 깨어 있지만 성격이 무르다 보니 고민만 많은 현수였다.

주몽은 서로 주먹질을 하다 민규와 친해진 경우였다. 학기 초에 민규가 주몽 앞자리에 앉았는데 느닷없이 주몽이 민규의 뒤통수를 갈겼다. 평소에도 장난기 많던 주몽에게는 장난이었을 뿐이지만 느닷없이 얻어맞은 민규는 반사적으로 주몽의 턱을 겨냥해 주먹을 날렸다. 얼떨결에 제대로 맞은 주몽이 뒤로 넘어졌다. 학기 초에 흔히 벌어지는 일이고 싸움이 났다 하면 금세 소문이 퍼져 다른 반 아이들까지 몰려와 구경했다. 아이들이 죄 몰려와 지켜보는 가운데 민규가 주몽을 깔고 앉았다.

민규는 몸무게가 가벼워서 싸울 때는 언제나 온몸의 무게를 실어 주먹을 날렸고 정확하게 턱을 얻어맞은 아이들은 크게 놀라곤 했다. 주몽도 처음 몇 대는 정신없이 맞다가 배 위에 올라앉은 민규의 몸무

55

게가 가볍다는 걸 알고는 민규를 배에 얹은 채로 잡고 일어났다. 그러곤 다짜고짜 한 대 날렸다. 몸이 들리다시피 일어난 민규가 중심을 잡기 전에 정통으로 턱을 맞힌 것이다.

주몽은 키도 크고 체격도 실한 편이어서 허투루 날린 주먹이라도 정통으로 맞으니 민규는 충격이 컸다. 머리가 핑 돌면서 다리에 힘이 풀렸다. 무릎이 꺾이려는 순간 민규는 본능적으로 주몽을 붙잡아 다시 주먹을 날렸다. 그때 아이들은 민규의 눈에서 날 선 빛이 번쩍, 하고 뿜어져 나오는 것을 보았다. 다시 주먹을 날리려 할 때 주몽이 민규의 팔을 잡고 미안, 미안, 미안, 하며 속사포처럼 사과했다. 다른 아이들도 달려들어 민규의 팔을 잡았다. 그렇게 해서 친구가 되었지만 주몽은 여전히 제 버릇 개 못 준다는 속담처럼 자기 스타일을 굳건히 지켰고, 민규 역시 단 한 번도 그냥 지나치지 않고 손바닥이 날아오면 주먹으로 답함으로써 자기 스타일을 허물지 않았다.

음악요? 울음으로 시작했지요

교실 문을 열고 들어서면서 민규는 한눈에 교실을 훑었다. 현수는 역시 일찍 등교했는지 책상 고리에 가방이 걸려 있었지만 보이지 않았고, 은주 자리도 비어 있었다. 은주와 몰려다니는 지민이와 소영이가 얼굴을 잔뜩 찌푸린 채 불안한 눈빛으로 문 쪽을 힐긋힐긋 돌아보았다. 한눈에도 어제의 죗값을 아직 치르지 않았다는 게 읽혔다. 민규가 의자에 털썩 엉덩이를 내려놓을 때 현수가 주몽과 함께 들어왔다. 담임 오신다! 아침부터 운동장에서 기합 받느라 진을 다 뺀 주몽이 고구마 자루 던지듯 의자에 몸을 던졌다. 의자가 옆으로 밀리면서 민규의 어깨에 퉁 부딪쳤다.

드르륵, 앞문이 열리고 담임 선생님이 들어왔다. 은주 자리가 빈 것을 보고 담임이 물었다.

"조은주, 안 왔나? 한지민, 조은주에게 오늘 꼭 학교 오라고 연락했냐?"

지민이가 기어들어 가는 목소리로 네에, 대답했다.

담임은 출석부를 책상에 내려놓고 반 전체를 한참 동안 바라보았다. 아이들이 그 눈길을 피해 하나둘 고개를 숙였다.

"어제 우리 반에서 무슨 일이 있었지? 누가 일어나서 얘기 좀 해 봐라."

아이들은 숨소리마저 죽인 채 담임 눈치를 보며 옆자리 친구와 눈빛을 교환했다. 아무도 대답하지 않았다. 현수는 자기 혼자 죄를 다 지은 것처럼 얼굴이 벌게져 있었다.

"누가 말 좀 해 봐라. 나는 정말 슬펐다. 그리고 화가 났다. 이건 단지 은주만의 문제는 아닐 거라고 생각한다. 누가 말 좀 해 봐라. 어제 어떻게 된 건지 상황을 자세히 쓰고 각자의 소감도 써서 제출해라. 너희들 마음을 좀 알고 싶다."

실망스러워하는 마음이 다 묻어날 정도로 어깨를 늘어뜨리고 선생님은 교단을 내려갔다.

"반장은 1교시 끝나면 반성문 걷어서 교무실로 가져오고."

현수는 고개를 깊이 숙였다. 민규는 자기가 잘못한 것처럼 구는 현수의 태도가 마음에 안 들었다. 물론 반 아이들은 너무나도 착한, 그런 현수를 좋아했다. 1교시는 담임 수업이었다. 담임은 교실을 나가기 전에 고개를 반쯤 돌렸다. 그 바람에 무심코 고개를 들던 민규와 눈이 마주쳤다.

"민규, 너는 교무실로 좀 와라."

담임은 덩치가 컸다. 그리고 항상 양복을 깔끔하게 갖춰 입고 빈틈없이 일했다. 제일 먼저 출근해서 제일 늦게 퇴근하는, 아니 거의 퇴근하지 않는 자타 공인 일중독자다. 담임은 24시간 전화기가 켜져 있으니 언제든 전화해도 좋다고 하질 않나, 특히 밤 12시에 전화 받는 걸 좋아한다고 하질 않나, 일이 너무 재미있어서 결혼할 수 없다고 말하는 사람이다. 물론 담임이 무료 상담 전화를 개설했으니 마구마구 이용해 달라고 아무리 편하게 말해도 밤 12시에 전화했다는 아이는 본 적이 없다.

아이들은 노트 속으로 들어갈 것처럼 고개를 숙이고 반성문을 쓰기 시작했다. 하지만 왜 선생님을 조롱하는 데 동조했는지 자세히 쓸 아이들은 아마 없을 것이다. 그저 잘못했다고만 쓰겠지. 상황이나마 제대로 쓸 애가 있다면 다행일 것이다. 그래도 한동안은 홍마담 수업 시간에 말대꾸하는 애들은 없을 것이다. 수업을 듣는 대신 책상 밑에서 휴대 전화로 게임을 하거나, 만화를 보거나, 서로 장난을 칠망정. 은주는 당분간 없는 듯 지낼 것이다. 물론 학교에 나온다면 말이다.

민규는 교무실로 갔다. 담임은 감정에 휘둘려 오락가락하는 타입이 아니었다. 교사로서의 자부심도 강하고 학생들에 대한 책임감도 강하고, 이해심도 많았다. 하지만 어쨌거나 대한민국의 고등학교 선생님으로서 학생들을 가장 표준적으로 키워야 한다는 사명감을 가진 사람이었다.

"너, 어제 하교하지 말라는 말 들었어, 안 들었어?"

"들었습니다."

"근데 왜 그냥 갔어?"

"저, 작업실에 있는 악기들을 도둑맞았어요. 어제 작업실에서 연락이 와서요, 빨리 경찰에 신고하고 도둑맞은 물건 모델명을 알려 줘야 해서요."

"그랬어? 악기들이라면 비쌀 거 아냐?"

"예……. 그래서 정신이 없었어요."

"그래도 교무실에 와서 얘길 하고 가야지. 그게 한 시간이 걸리냐, 두 시간이 걸리냐. 아님 너는 규칙을 지키지 않아도 된다고 생각하는 거냐? 그럼 다른 아이들은 뭐가 되냐?"

"죄송합니다. 너무 급해서요."

"무슨 일이 있을 때는 상의 좀 해라. 그건 남자의 자존심과는 상관없는 거다. 너는 왜 그렇게 뻣뻣하냐?"

뻣뻣하냐는 말을 듣자마자 민규는 잔뜩 세우고 있던 등을 얼른 수그렸다. 담임이 씩 웃으며 등을 한 번 토닥였다.

"자식, 예민하기는. 너에 대해 다른 사람보다는 조금 더 잘 알고 있어야 한다고 생각하는데 다른 선생님을 통해 네 이야기를 듣잖아. 너 종종 애들하고 싸운다며? 자율 학습 안 하고 나가는 것도 그렇고, 선생님들이 와서 얘기한다. 누구나 다 해야 하는 걸 너 혼자만 특별한 사유 없이 빼 줄 수 없으니까 어머니 좀 오시라고 해라. 어머니에게

60

사유서 좀 받아 둬야겠다. 경찰서에서 악기 도둑맞은 거 확인서 떼어 오고."

아이들에겐 그 어떤 벌보다 부모님 학교 오라고 하는 게 가장 큰 벌이다.

"죄송합니다. 근데요, 엄마에게 악기 도둑맞았다는 얘기는 하지 말아 주세요. 엄마는 악기 사 줄 돈이 없거든요."

"악기는 찾을 수 있대?"

"못 찾을 거 같아서요, 중고 악기 사려고 알바 시작했어요. 그래서 시간이 더 없어요."

"어휴. 어쩌려고 그러냐. 시간을 많이 뺏길 텐데, 어떻게 하면 좋을지 그건 함께 생각 좀 해 보자. 그나저나 너는 왜 문과 택할 건지 이과 택할 건지 결정을 안 했어?"

"문과 선택할 겁니다. 음악 할 거니까요."

"음악? 실용 음악과 가려고?"

"대중음악 작곡입니다."

"대중음악 작곡? 그건 대학 가서도 얼마든지 할 수 있고, 또 취미로 하는 거지, 직업으로 삼을 게 아니잖아."

민규는 이런 말을 들을 때마다 속에서 울분이 솟구쳤다. 클래식계에는 만 시간의 법칙이니 뭐니 해서 한 가지에만 10년 동안 하루 여덟 시간 이상씩 쏟아부어야 어느 정도 수준에 이른다는 게 상식이 되어 있다. 어디 클래식만 그런가. 무용도 미술도 문학도 마찬가지다.

그런데 대중음악은 어쩌다 흥얼거리다 보면 툭 튀어나오는 것이고, 시간 지나면 잊히는, 그래서 아무 가치도 없는 분야라는 게 사람들의 일반적인 생각이다.

"아닙니다. 실용 음악은 말 그대로 실용 음악이고요, 저는 대중음악을 배우는 거예요. 앞으로 대중음악 작곡은 큰 시장을 형성할 거라서요. 저는 전문적으로 해 보려고요."

"그건 불안정하잖아. 그리고 대중가요는 너무 유행이 빨리 바뀌어서 살아남질 못해. 웬만한 작곡가 아니면 먹고살기도 힘들 거야."

"저는 남들보다 열 배, 스무 배 열심히 해서 반드시 전문 작곡가가 될 거예요. 물론 제가 천재들처럼 재능이 뛰어나진 않다는 걸 압니다. 하지만 제가 할 수 있는 것 중에서 이걸 가장 잘합니다. 그리고 음악을 배울 때 가장 행복해요. 그래서 더 많이 배우고 더 많이 연습해야 해요. 배우는 시간이 부족하거든요."

"네 말이 원칙적으로는 맞지만 현실적으론 아니라니까 그러네. 우리나라에서 대학을 가지 않으면 어떻게 되는 줄 아냐? 너, 장가도 못 가, 인마."

"아무 대학 아무 학과나 나와선 취직도 못하는 게 현실이잖아요."

"웬만한 대학을 갈 수 있다는 건 기본적으로 무언가를 습득할 능력이 있다는 걸 의미해. 그래서 대학 다니면서 여러 분야의 자격증을 따서 자기 길을 개척해 나갈 수 있는 거야. 대학은 다른 분야로 나갈 길까지 열어 두고 있으니까, 잘 생각해 봐라. 너 말야, 다른 길을 갈 수 있는 가능성까지 무시하지는 마라."

학교에만 오면 한없이 작아지는 기분, 이 기분에 지면 안 된다. 대중음악에 대해 무조건 폄하하는 말을 들을 때마다 민규는 가슴이 터질 듯 쿵쾅거렸다. 누군가 심장 속에서 울부짖는 것 같았다. 세상의 수많은 사람들을 위로해 주고 이해해 주고 사랑을 주고받게 하고 때로 눈물로 가득 찬 가슴속의 말을 대신 소리쳐 주는 노래가 왜 이처럼 형편없는 대우를 받아야 한단 말인가.

민규가 음악을 접한 것은 세상에 태어나면서부터였다. 아빠는 음악을 사랑했다. 음악을 사랑하는 동시에 음질을 사랑했다. 아빠의 오디오 앰프에는 주먹만 한 전구에 빨간 불이 들어왔다. 늦은 밤, 불을 끄고 창문을 열어 놓은 채 둘이 나란히 누워 음악을 듣곤 했다. 아빠의 오디오에서 빛나는 빨간 불빛은 어둠과 잘 어울렸다. 진공관 앰프를 통해 나온 소리는 따뜻하고 부드러웠으며 울림이 풍부했다. 아빠는 어린 민규에게 프로코피예프의 음악을 들려주며 내용을 이야기해 주고, 앰프의 회로를 조절한 뒤에 바이올린 소리가 어떻게 변했는지, 소프라노의 목소리는 어제와 어떻게 달라졌는지 잘 들어 보라고 했다. 민규는 아빠 무릎 위에 앉아 다양한 음을 들었고 다양한 악기의 음색을 들었다. 아빠가 밤새 오디오를 만진 뒤에는 바이올린 소리가 어제보다 매끄러워졌고 피아노는 훨씬 낭랑해졌다. 그리고 무엇보다 평화로웠다.

어렸을 때는 잘 몰랐지만 아빠는 오디오 마니아였다. 직접 앰프를 만들고 스피커를 만들었다. 아빠는 자기가 원하는 음색을 찾아 오디오를 악기처럼 조율하는 사람이었다. 밤새워 인두를 달궈 가며 은선과 동선으로 앰프의 회로를 만들고 목공소에 가서 스피커 통을 만들어 왔다. 소리가 조금 이상해졌다 싶으면 언제든 앰프를 뜯어 새로운 소리를 만들어 냈고, 색다른 음색이 필요하면 다른 제품을 사 들고 와서 며칠 밤을 새워 가며 앰프를 만들었다. 사람의 목소리를 표현하는 앰프에는 그에 맞는 스피커를 만들고, 현악기에 맞는 앰프와 스피커를 만들었다. 그리고 완성한 뒤에는 언제나 민규를 불러 소리를 들려주었다. 아빠 옆에 나란히 누워 소리를 듣고 구분하는 시간이 민규는 즐거웠다.

아빠는 클래식 음악을 주로 듣고 이따금 가요와 팝과 재즈를 들었다. 클래식은 민규에게는 왠지 어렵고 멀게 느껴졌다. 아빠가 집에 있을 때는 언제나 음악이 집 안을 가득 채웠다. 그런 까닭에 음악은 너무도 자연스러운 것이었다. 그런 아빠가 세상을 떠났다. 시골 할머니 집에 다녀오던 고속 도로에서 사고를 당한 것이었다.

아빠가 세상을 떠나자 엄마는 한동안 넋이 나가 있었다. 멍하니 앉아서 하루를 보냈는데, 어느 순간 밤이 되면 문득 어두운 창밖을 보고 깜짝 놀라곤 했다. 엄마가 거실에 멍하니 앉아 있을 때는 왠지 방해해선 안 될 것 같았다. 그래서 다가가 말을 붙이지도 못하고 멀찍이서 빙빙 돌았다. 엄마는 정신이 돌아오면 훌쩍거리며 밥을 차려 주곤 했다. 그렇게 몇 주를 보내다 어느 날 정신을 차리는가 싶었는데 이제는 방 안에 틀어박혀 글만 써 댔다. 다른 것은 거의 다 잊은 듯했다. 그러다가 아주 가끔씩 아들이 있다는 게 생각난 듯 화들짝 놀라 뛰쳐나와 민규가 방에 있는지 확인하곤 했다.

아빠가 사라진 집에서는 음악도 사라졌다. 엄마는 아빠가 직접 만든 오디오를 건드리지도 않았다. 아빠를 잊고 싶은 거라고 민규는 생각했다. 음악을 켜면 어떤 반응을 보일지 상상할 수가 없어 민규는 집 안에 가득한 침묵을 받아들여야 했다. 집 안이 갑자기 텅 비어 버린 것은 음악이 사라졌기 때문이었다.

민규는 자신의 존재를 어떻게 알려야 할지 모르는 채 혼자 외로움을 참고 있었다. 어느 날, 그 음악을 듣기 전까지는.

그 음악은 민규의 심장에서 시작되었다. 정녕코 친구의 헤드폰을 통해 흘러나온 게 아니었다. 팀발랜드의 힙합을 처음 들었을 때 가슴을 후벼 판 것은 상실감과 박탈감이었다. 모든 것을 잃은 느낌, 아니 처음부터 가진 게 아무것도 없는 사람들의 근원적인 외로움이었다. 노래가 심장을 더없이 아리게 했다. 지상에서 가질 수 없는 것을 노래하는 흑인들. 그들은 아무것도 가진 게 없었지만 신이 내린 목소리와 리듬만큼은 누구도 뺏을 수 없었다. 기묘한 극과 극의 어우러짐이 그 노래에 있었다.

그 노래는 민규의 영혼을 울렸다. 클래식에는 완벽하게 교감할 수 없었지만 힙합과 R&B는 마치 제 몸과 마음처럼 절절함이 다가왔다. 이제야 내 마음을 잘 알아주고, 또 내 마음을 잘 표현해 줄 음악을 만난 것이다.

동현이의 명동 작업실 어두컴컴한 바닥에 앉아 나눈 이야기를 떠올렸다.

'어느 날, 내가 두려워하는 일이 벌어진 거야. 난 엄마 아빠와 함께 행복하게 지냈어. 행복 지수가 80점은 되었지. 그런데 얼마 안 지나 내 행복 지수는 바닥으로 떨어지고 말았어. 집이 고요해졌어. 사람은 있었지만 말이 없어졌으니까. 엄마는 완전히 정신을 빼놓고 사는 것 같았지. 그릇 소리, 물소리, 발소리, 그 모든 소리들이 점점 커지기 시작했어. 음악이 사라진 공간에서 들려오는 그 잡음들이 나는 견딜 수 없었어. 그것은 음악이 사라졌다는 걸 분명히 깨닫게 해 주었거든. 나는 그 소리들을 다시 재우기 위해 음악을 듣기 시작했어. 물론 친구에게 빌린 MP3와 헤드폰을 끼고서. 그때 그 노래를 만난 거야.

그때 그 노래는 이렇게 외치는 것 같았어.

너의 가슴 오른쪽은 텅 비어 있었지. 텅 비어 있는 곳이 그렇게 아플 수 있다는 걸 넌 처음 알았어. 그 아픔을 어떻게 치료해야 하는지 알 수가 없었지. 그러나 네가 모르는 사이 네 가슴 왼쪽에선 무언가가 자라고 있었어. 눈에 띄지 않게, 조금씩. 그것은 어느 날 갑자기 네 오른쪽 가슴을 가득 채우며 너를 향해 외쳤어. 넌 음악을 가질 수 있어!'

민규는 음악 공부를 시작하고 나서 얼마 뒤 책상 위에 놓인 편지를 보았다.

민규야, 너는 나를 떠나서라도 자신의 꿈을 좇으려는 강한 열망과 자신감을 가졌으니 너를 막을 수 없다는 걸 안다. 그래, 엄마는 힘 닿는 데까지 너를 지원할 거야. 자기가 진정 원하는 것을 하면서 행복할 수 있다면 남들이 가진 것을 갖지 못해도 행복값이 훼손되지 않는다는 것을 네 삶으로 보여 줘라. 네가 바로 지금 행복한 것이 내 겐 가장 중요하니까.

부모도 동의한 것을 선생님들이 무슨 권리로 안 된다고 깔아뭉개는지 알 수가 없었다.

홍마담 사건을 아는 선생님들이 수업 들어와선 한마디씩 했다.

사회 선생님이 들어오면서 앞줄에 앉은 애들에게 물었다. 재밌냐? 재밌어? 선생 놀리면 재밌냐? 현수는 진심으로 가슴 아프다는 표정을 지으며 선생님을 바라보았고, 몇몇 범생이들은 아무 말 없이 책을 펼쳤으며 나머지 아이들은 지겹다는 듯 눈길을 피했다.

사회 선생님은 수업 시작하자마자 느닷없이 과제를 검사했다.

"오늘 수업 시간에 발표하는 사람은 수행 평가 플러스알파다."

다들 앗, 뜨거워! 하는 표정으로 선생님을 바라보았다. 아마 그중에는 과제가 있었다는 것조차 까맣게 잊은 아이들이 반은 넘을 것이다. 민규 역시 마찬가지였다. 저녁까지 작성해서 홈피에 올려야 하는데 시간이 있을까 싶었다. 하는 수 없이 넷북을 가지고 가서 밤새워 작업해야 할 것 같았다. 과제를 부여받는 그날 반드시 해치우는 범생이들이 앞다투어 발표하기 시작했다. 과제는 '진로 체험 보고'.

우리 반 1등 다영이, 2등·3등·4등을 나눠 먹는 윤호, 은휘, 민정이 그리고 주몽.

주몽? 주몽은 반에서 중간 정도 했다. 공부 잘하는 아이가 아니었다. 그런데 수행 평가 기회를 놓치지 않았다. 주몽의 임기응변은 기막힌 데가 있었다. 과제를 안 한 게 뻔한데도 마치 노트를 읽는 것처럼 발표했다. 사실 진로 체험 보고서라는 게 아버지의 직장에 가거나 자기가 원하는 직업을 선택해서 하루 체험한 것을 보고하는 것이므로 평소 자주 접한 직업이 있다면 그리 어려운 일은 아니었다. 다영이는 아버지가 심리학과 교수여서 아버지의 강의 청강과 연구실에서의 학생들과의 면담, 산학 연계 심리 검사 프로젝트 등에 대해 조사한 것을 매끈하게 발표했다. 윤호는 아버지가 사회부 기자이다. 사회 문제 취재 과정을 발표했고, 은휘는 항공기 기장을 하고 싶어 했고, 민정이는 건축 설계사에 관해 조사해 왔다.

그런데 주몽은? 주몽의 아버지는 중국에 의류를 파는 사업을 한다. 저가 브랜드가 주종이고 중급 브랜드를 한두 개 취급한다. 아버지 공장에 가 본 적이 있고 아버지를 따라 중국 현지 매장에 따라가본 적도 있어서 의류 사업을 얘기할 줄 알았다. 그런데 뜻밖에도 자동차 해외 딜러에 대해 조사했다면서 발표하는 게 아닌가. 그것도 러시아에 한국산 자동차를 파는 계획에 대해 마치 노트에 빽빽이 적어

놓은 것처럼 간간이 노트를 들여다보며 여유만만하게 늘어놓았다.

"지금 모스크바에서는 한국산 자동차 수요가 급격히 늘어나 유능한 딜러들의 진출이 러시를 이루고 있습니다. 그런데 모스크바 시내와 인근 땅값이 비싸서 자동차 야적장 확보가 어려운 점과 높은 물류비용이 문제라고 합니다. 선박을 통해 자동차를 이동시켜야 하는데 모스크바는 내륙 깊이 위치해 물류비용이 너무 많이 들어가기 때문에 매출 대비 마진율이 높지 않습니다. 제 계획은 페테르부르크가 해양 쪽으로 접근이 용이하니 페테르부르크에 현지 판매처를 만드는 것입니다. 야적장을 확보하는 것도 큰 문제인데 땅값이 싼 인근 에스토니아에 마련하겠습니다. 에스토니아로서는 자동차 야적장 덕분에 경기가 활성화될 것이므로 제 계획을 열렬히 반길 것입니다."

사회 선생님이 점점 놀라더니 만족한 표정으로 말했다.

"실현성과는 별개로 아이디어 점수 준다. 공부는 못해도 싸나이 포부가 이 정도는 되어야지."

주몽의 노트를 보니 달랑, 러시아와 인근 나라들이 둥글둥글 붙어 있는, 지도라고도 할 수 없는 지도가 하나 그려져 있을 뿐이었다. 주몽은 임기응변, 능청, 회유에는 가히 독보적인 존재라 아니할 수 없었다. 평소에도 과제를 전혀 해 오지 않았지만 아침에 몇몇 범생이들의 과제물을 얻어 보고 그것들을 종합해서 자기가 준비한 것처럼 발표했다. 주몽이 자기들보다 점수 많이 받는 일을 몇 차례 겪은 범생이들은 과제를 보여 주지 않으려 했지만 결국 주몽의 수완에 넘어갔다. 주몽의 아버지를 본 적은 없지만 어떤 타입일지 알고도 남을 것 같았다. 주몽 엄마를 지난번 체육 행사 때 먹을거리 축제에서 부침개며 튀김이며 순대를 파는 곳에서 봤는데, 굳이 주몽 엄마라고 가리키지 않아도 한눈에 알아볼 수 있었다. 몇몇 엄마들이 더운 날씨에 부침개를 열심히 부치고 있는데 주몽 엄마는 의자에 앉아 시원한 냉커피를 마시며 수다를 떨고 있었다. 민규가 보기에도 친구들이 자기 엄마들을 어찌나 닮았던지, 말투며 행동까지 각각의 엄마를 친구 옆에 줄 맞춰 세울 수도 있을 것 같았다. 인사하러 왔던 담임도 엄마들을 보니 너희들을 더 잘 알겠더라, 라고 하지 않았던가.

"아빠 친구들이 놀러 와서 술 마시며 하는 얘기, 옆에 앉아 맥주 받아 마시면서 들었어. 내가 기억력 하나는 좋잖냐. 넌 뭐 할 거냐?"

'당근, 기억력 좋은 거, 거기에 임기응변과 능청과 회유와 안면 두꺼운 거, 충분히 인정하고말고.'

"수행 평가 얘기는 꺼내지도 마."

민규는 수행 평가에 대해서는 생각하기도 싫었다. 수행 평가는 원래 내신 성적을 보완하기 위해 생긴 제도인데, 며칠 전 음악 수행 평가 시간에 불쾌한 경험을 했었다.

리코더 불기였는데 두 사람씩 나와서 분 다음 그 자리에서 점수를 받는 식이었다. 모두 끝마치고 나서 실수했다 생각한 아이들이 안타까움에 또 한 번의 기회를 요청했고 음악 선생님은 그 요청을 받아들였다. 민규 역시 실수하진 않았지만 생각보다 점수가 낮아서 평소보다 매끈하지 않았나 보다, 하고 재평가를 요청했다.

함께 겨룰 상대는 반에서 2, 3등을 하는 은휘였다. 은휘는 평소 학과목 중 단 하나도 소홀히 하지 않는 아이라 집에서도 연습을 많이 했고 학교에 와서도 내내 리코더를 불었다. 그런데 종종 삑사리(음 이탈)가 나서 불안해하더니 평가할 때 역시나 똑같은 실수를 했다. 여하튼 그렇게 해서 다른 아이들이 재시험을 본 뒤 민규와 은휘가 함께 리코더를 불었는데 모두들 민규에게 박수를 쳤다. 오늘 민규가 가장 잘했다고 다들 입을 모았는데 점수는 은휘가 19점, 민규는 10점이었다. 아이들이 의아해하는 모습을 뒤로하고 선생님은 교실을 나갔다. 민규는 선생님이 착각한 게 아닌가 싶어 뒤따라 나가 물어보았다.

"선생님, 저 실수 하나도 하지 않았는데요."

"그래?"

"제 점수가 은휘보다 왜 낮은 거죠?"

"쟤는 수행 평가 점수가 필요하잖아."

'설마 내가 잘못 들은 건 아니겠지.'

"네? 그런 게 어디 있어요? 저는 점수가 안 필요하나요?"

음악 선생님이 민규의 눈을 피하며 주머니에서 사탕을 꺼내 건네주었다.

"미안하다. 이거 먹어라."

"네?"

민규는 너무나 어이없고 억울한 마음에 그만 눈물이 울컥 치솟을 것 같아서 음악 선생님을 한 번 쏘아보고는 휙 돌아서서 교실로 왔다. 기계로 잰 것도 아니고 선생님이 듣기에 좋았다 하면 할 말이 없었다. 어떻게 학교에서 이런 일이 있을 수 있단 말인가.

민규는 며칠이 지나도 그 일을 잊을 수가 없었다. 정당한 점수 대신 사탕이라니, 사탕이라니. 아무것도 모르는 유지원생 취급을 받은 것도 그렇지만, 공부 잘하는 아이들의 스페어 취급 받았다는 사실이 너무나 분했다. 지필 고사 점수는 낮아도 예능 실기가 뛰어난 아이들에게 제 능력을 발휘하게 하자는 취지로 만들어진 예체능 수행 평가는 일찍부터 공부 잘하는 아이들을 지원하는 용도로 변질되고 말았다. 어차피 내신 성적도 좋지 않은 아이들이 공부 잘하는 아이들을 위해 양보하라는 것이었다.

공부 잘하는 아이들은 이런 식으로 특혜 받는 것을 당연한 일로 알고 자란다. 공부 잘하는 아이는 공부 못하는 아이가 가진 작은 것을 뺏어도 된다. 그것 역시 능력이다. 능력 있는 사람이 많이 갖는 것은 당연하다. 어릴 때부터 학교나 가정에서 그렇게 배우며 자란다. 민규는 어금니를 깨물었다. 학교마저 이처럼 공정하지 못하다는 것을, 얼마나 더 절절히 뼈에 사무치게 겪어야 하는 걸까.

민규는 두 번 다시 음악 수행 평가 따위는 보지 않겠다고 결심했다. 자기 가치를 알아봐 줄 생각도 없고 공부 아니면 그 어느 것도 가치로 삼지도 않는 사람들에게, 심지어 음악을 공부한 사람이 스스로 음악의 가치를 끌어내리는 것을 보며, 자기를 인정해 달라고 하는 건 시간 낭비일 뿐이라고 생각했다. 한눈팔지 않고 내 갈 길을 가다 보면 내가 원하는 걸 해낼 날이 오겠지, 그러면 인정해 주는 사람도 생기겠지, 그렇게 마음먹었다.

우습다고 해야 하나, 음악 하는 학생이 음악 선생님을 쳐다보지도 않게 되다니. 더구나 리코더! 초등학생이나 불어 대는 걸 고등학생에게 불게 해 놓고는. 민규는 교실로 들어와서 리코더를 쓰레기통에 휙 던져 버렸다.

노래로 태어나 신으로 죽었다는 밥 말리. 어떤 인터뷰에서 그에게 언제부터 음악을 시작했느냐고 물었을 때 그가 대답했다. 음…… 언제부터 음악을 시작했냐고요? 첫울음으로 시작되었지요.

자신의 울음으로 음악을 만든다는 걸 누가 알까. 자신의 기쁨과 슬픔을 노래로 만든다는 것을. 소년들은 울음을 가슴 깊이 숨기고 노래를 부른다. 소년들은 슬픔을 가슴 깊이 억누르고 그것을 욕으로 내뱉고 말장난으로 떠들어 댄다.

덩치가 커서 언뜻 보면 둔해 보이지만 보기보다 예민해서 관찰력이 뛰어난 주몽이 이런 민규를 보고 빈정거렸다.

"내 뛰어난 동물적 감각으로 보건대, 넌 수컷 동물로서는 괜찮아. 근데 인간으로서는 인간미가 좀 부족해, 인마. 전문 용어로 휴머니티라고 하지. 휴머니티 없는 인간이 어떻게 심도 깊은 예술을 하겠냐."

"휴머니티는 내가 아니라 쌤이 가져야 하는 거 아냐? 나 기분 별로니까 건들지 마라."

말은 그렇게 했어도 민규는 마음이 찔렸다. 조급함, 좁은 시야, 지나친 목적의식 때문에 다른 모든 것을 하찮게 여겨 다 잘라 버리고 앞으로 나아가는 성격이 걱정이라고, 선생님들도 엄마도 얘기한다. 그러나 동물적인 힘이 받쳐 줄 때 달려가야지 지금 여유를 부리면 탄력을 받지 못해 정작 힘이 필요할 때는 달려 주지 못할 것만 같았다. 그게 두려웠다.

 "제발 앞뒤 옆 좀 보면서 살아라."

 "은휘 새끼는 앞뒤 옆 보고 사냐? 나하고 점수 바꿔 갖고 좋다며 웃고 들어가더라. 지가 나보다 못한 거 뻔히 알면서 말야. 이런 게 당연한 거냐? 당연히 여기는 놈이 있는 게 당연한 거냐?"

 "그 새끼는 공부하잖아. 넌 예술 하고. 예술 하는 새끼는 인간미가 있어야지. 넌 꼭 미친놈 같아."

 "얀마, 미칠 수 있을 때 미쳐야 하는 거야. 나이 들면 미치고 싶어도 안 돼."

 "인마, 니가 나이 들어 봤어? 봤냐고. 우리 담임 보니까 40이 다 되어도 저렇게 일에 미쳐서 여자는 거들떠보지도 않잖냐. 일을 너무 사랑해서 여자 만날 시간조차 없다는데, 담임도 인간미가 없어. 날 봐라, 불의를 봐도 기꺼이 참을 수 있고, 얼마나 인간적이냐."

 "넌, 늙어서 그래. 넌 애늙은이잖아."

희망 있음과 희망 없음

    한밤중 주차장 부스에서 푸른빛이 깜박인다면 지나가던 사람들이 조금쯤 수상쩍어 하려나? 평소 못 보던 빛이라 생각한 이웃 주민이라면 그럴 수도 있겠다. 누군가 발소리를 죽이고 다가와 창을 넘겨보면, 작은 모니터에 코를 들이민 채 터무니없이 작은 자판을 두드리는 열혈 고등학생, 민규의 머리통을 볼 수 있을 것이다. 그리고 커다란 헤드폰을 둘러쓰고 가끔 그것을 움직여 밀착력을 높이는 걸 보면 과제에 집중하고 있는 건지 음악을 듣고 있는 건지 분간이 안 될 것이다. 지금 민규의 귀를 때리고 있는 것은 영국의 록 밴드 '핑크 플로이드'다. 핑크 플로이드는 어떻게든 답답한 헤드폰을 빠져나와 음침한 주차장에 일렬로 꿇어앉아 있는 차들의 무릎을 걷어차고 싶은 듯 울부짖었다.

    민규는 요즘 브리티시 록을 공부하고 있다. '브릿록'의 특징을 잘 들고 그 특징을 살린 곡을 써 나가야 한다. 공부여서만이 아니라 프로그레시브 록은 언제 들어도 올드하지 않고 멋지다. 음악이 시작되자마자 헬리콥터 소리가 먼저 머리를 울리며 뒤흔들었다. 뒤이어 강렬한 전자 기타 음이 쏟아진다. 와, 민규는 자기도 모르게 감탄을 내질렀다. 낼 수 있는 강렬한 소리는 다 내는 듯싶다. 리드 기타와 베이스가 있는 힘껏 소리를 내지르더니 리드가 박차고 뛰어올라 하늘을 난다. 스틸 오토바이를 타고 하늘을 지그재그로 날아다니는 것 같다. 〈Another Brick in the Wall〉. 남성적인 묵직한 저음이 뭔가를 단호하게 주장하는 것 같다. 나는 단 한 번의 발길질로도 일렬로 꿇어 엎드린 저 수십 대의 차를 헝클어 놓을 수 있어!

사이키하고 몽환적인 음악도 가슴을 어질어질하게 휘젓는다. 〈Breathe〉이다. 기괴함과 장중함, 신비로움과 공포스러움을 동시에 자아내는 멋진 곡이다. 미치지 않고서야 어찌 이런 음악을 만들 수 있을까. 음악으로 한 시대를 이전과 이후로 나누는 이런 뮤지션들이 있다는 게 신기하기만 하다. 지구 저편에서 만들어져 세계를 휩쓴 뮤지션의 음악을 듣고 있으면, 지구가 무한대로 커지는 것 같다. 음악이 지구를 돌 때마다 지구는 새로운 나라를 하나씩 만들어 내는 것 같다. 뮤지션들은 분명 자기만의 나라를 갖고 있는 사람들이다. 나도 언젠가는 나만의 나라를 만들 것이다. 아직 어떤 모습인지 알 수 없지만, 민규는 막연하게나마 자신의 나라에 모여든 사람들을 그려 본다.

넷북 자판을 치는 손가락이 자판이 아니라 신시사이저 건반을 누르는 것처럼 강해졌다가 약해졌다가 길게 눌렀다가 짧게 누르곤 했다. 핑크 플로이드의 새 곡이 흘러나오면 자기도 모르게 귀가 음악에 집중하는 통에 손가락이 멈췄다. 아, 빨리 숙제를 마치고 음악만 들어야지.

열댓 곡쯤 듣고 났을 때에야 겨우 과제가 끝났다. 학교 홈페이지에 접속하면서 주차장을 돌아보았다.

"어? 저게 뭐지?"

주차장 뒤쪽 담벼락 밑에서 검은 그림자가 어른거렸다. 온몸의 털이 쭈뼛 곤두섰다. 재빨리 서랍에서 랜턴을 꺼내 그쪽을 비췄다. 도둑이야! 할 수 있는 만큼 크게 소리쳤다. 후다닥, 도망가는 그림자가 보였다. 얼핏 봤지만 세 명쯤 되는 것 같았다. 행여 흉기를 들고 있을지 몰라 가까이 뛰어가지는 않았다. 날렵하게 달아나는 것을 보니 10대 같았다. 혹시 누가 숨어 있을지도 몰라 랜턴을 휘휘 비추며 놈들이 있던 쪽으로 조심조심 다가갔다.

외제 차 하나가 문이 삐끗 열려 있었다. 다른 쪽 문을 보니 백미러가 펼쳐져 있었다. 요즘 값이 좀 나가는 차는 문을 잠그면 백미러가 자동으로 접히는데 백미러가 접히지 않은 차를 찾아 오디오나 내비게이션이나 콘솔 박스에 있는 것을 훔쳐 가려고 한 듯싶었다. 큰일 날 뻔했다. 백미러가 접히지 않았다는 건 문을 제대로 잠그지 않았다는 얘기고, 설사 차 주인이 직접 주차했더라도 주차장 측 관리 실수이기 때문에 차 안의 물품을 도둑맞거나 차를 도둑맞으면 변상해야 한다. 민규는 랜턴으로 실내를 비춰 봤지만 뭘 잃어버렸는지 알 수가 없었다. 얼른 주차장 주인에게 알리는 편이 좋을 것 같았다. 이런 된장, 도둑들이 나를 골라 쫓아다니는 건가?

주차장 주인은 득달같이 달려왔다. 민규는 과제하던 중이었다고 말하지 않았다. 넷북과 헤드폰은 주인이 오기 전에 가방 속에 집어넣었다. 주인 역시 랜턴을 들고 차 여기저기를 비춰 봤지만 겉으로는 이상이 없으니 차주가 아닌 다음에야 정확히 알 수 없는 노릇이었다. 주인은 인상을 팍 쓰고 중얼거리면서 자동차 주위를 빙빙 돌았다. 민규역시 걱정이 태산 같았다. 주인의 말인즉슨, 만약 뭔가 없어졌으면 네가 물어내야 한다는 것이었다. 도대체 뭘 보고 있었기에 도둑이 들었어? 이래서 알바를 쓰는 게 아닌데 말야. 이러쿵저러쿵. 아, 돈 적게 들이려고 미숙련 고딩 알바를 썼으면 아저씨도 감수해야 할 게 있는 거 아녜요, 라는 말이 목구멍까지 밀려 올라왔지만, 아, 젠장, 말을 할 수가 있나.

'아, 정말 내 인생 왜 이렇게 꼬이는 거냐. 하루도 조용할 날이 없네. 주몽 말대로 내가 저주에 걸린 거 아냐? 아니, 혹시 그 새끼 말이 씨가 된 거 아냐?'

차주가 나와서 확인할 때까지 짧은 시간 동안 불안·초조·긴장을 모두 맛보았다. 다행히 도둑맞은 건 하나도 없었고 오디오를 떼려 했는지 보드와 오디오 사이에 드라이버 같은 것을 찔러 넣은 흔적이 있었다. 그것은 주인이 수리해 주기로 했다. 그리고 민규는 귀가 따가울 정도로 잔소리를 들어야 했다. 다행히 도둑이 든 곳이 구석진 장소라 평소에도 좀도둑이 종종 들던 곳인 듯했다. 민규가 전등을 설치하거나 CCTV를 달아야 하지 않겠냐고, 나지막한 목소리로 웅얼거리자 주인은 힐긋 돌아볼 뿐 별말을 하지 않았다. 도둑을 몇 번 더 맞아 봐야 투자를 좀 하려나. 다행히 음악을 들으며 과제하던 것을 들키진 않았다. 민규는 가슴을 쓸어내렸다. 주인이 가방을 뒤져 볼까 봐 얼마나 불안했던지. 감시를 소홀히 했던 만큼 제 발이 저려서 숨죽이고 주인 눈치만 보다가 주인이 돌아가려 하자 얼른 허리를 굽혀 인사했다. 안녕히 들어가세요.

잔뜩 긴장해서 밤을 지새웠더니 아침이 되자 다크서클이 무릎까지 내려올 지경이었다. 간신히 터덜터덜 등교했고 아침 수업은 거의 잠들어 있다시피 했으며 주몽이 아무리 장난쳐도 눈을 뜰 수가 없었다. 저녁에 엄마 오시라고 했는데 담임이 뭐라 말할지 걱정스러웠지만 사실 걱정할 기운도 남아 있지 않았다. 드디어 특별 활동 시간. 교실에서 벗어날 시간이 되었다는 게 그나마 기분을 풀어 주었다. 따뜻한 햇볕 아래 걸어가면서 기지개를 크게 켜고 늘어지게 하품을 했다.

민규는 원래 탁구반이었다. 그런데 지금 주몽을 따라 골프장으로 가고 있었다. 주몽의 특별한 기술이 먹혀들어 주몽과 현수와 민규는 탁구장이 아니라 골프장으로 가고 있는 중이었다. 골프는 선수들만 하는 것이고 선생님들이 가끔 골프장에 들락거리긴 하지만 일반 학생들에겐 출입이 금지되어 있는 곳이다. 그런데 주몽은 어떤 수완을 발휘했는지, 골프장엘 드나들었다. 게다가 민규와 현수까지 끌어들였다. 골프 코치도 선수들도 주몽을 웃으며 받아 주었다. 민규와 현수는 해맑은 웃음으로 주몽 뒤에서 다소곳이 두 손을 모으고 있었다. 주몽의 오지랖과 뛰어난 수완은 타의 추종을 불허했다. 오직 감탄만 허용할 뿐이었다.

"난놈이다, 난놈이야. 뭐가 될지 정말 궁금하다."

"한국을 뒤흔들 사업가가 될 테니 두고 봐라. 사회 쌤도 예언하셨잖냐. 재벌 기업의 오너, 거기에 고주몽이라는 이름이 떡 붙어 있을 거다. 벌써 회사 이름까지 지어 놨다. CG60B. 어때?"

"그게 뭔데?"

"추적 60병. 글로벌 양주 회사야."

"야, 이 죽일 새끼. 추적 60 붕신이다."

"아, 씨붕 새끼."

농담을 주고받으며 축구 골대 옆을 지나는데 축구반 아이들이 골대 앞에 옹기종기 모여 있었다. 1학년 축구부 짱 먹는 종환이가 공을 깔고 앉아 그 앞에 무릎 꿇고 있는 아이의 뒤통수를 축구화로 후려치고 있었다. 그 옆에 일고여덟 명이 쭈그려 앉거나 짝다리를 짚고 서 있거나 팔짱을 낀 채 건들거리며 그 아이를 내려다보고 있었다. 체격이 왜소한 녀석 얼굴을 보니 연우다. 또 축구부 녀석들이 제일 만만한 연우 가지고 괴롭히는 거다. 집합하라는데 늦게 왔다는 둥, 골을 패스하라는데 왜 몰고 달렸냐는 둥, 너 땜에 맨날 지는 거 모르냐는 둥……. 이유야 찾으면 열 개도 더 나오겠지. 종환이가 연우를 괴롭히는 건 흔히 보는 일이다. 옆에 있는 녀석들도 연우에게는 대놓고 발길질에 주먹질이다. 요즘 같은 세상에 일진이 아니고는 선후배 사이도 모르고 사는데 축구반은 유난히 위계질서를 세우는 듯했다.

오직 동물적인 힘으로 눈앞에 누군가를 무릎 꿇리는 재미로 사는 아이들이었다. 얼마나 집요하고 잔인한 성격이면 저렇게 오랫동안 한 친구를 괴롭힐 수 있는 거지? 다들 기분은 나쁘지만 모르는 척하며 지나갔다. 어느 누구도 끼어들지 않았다.

민규는 중학교 때 세 개 학교 일진으로 구성된 연합 일진 40여 명에게 인사하지 않았다는 이유로 죽도록 얻어맞은 뒤부터 여러 명이 한 아이를 괴롭히는 것은 더욱더 참지 못했다. 더구나 동물적인 힘이 펄펄 끓는 정글 속 맹수들과 다름없는 중학생들도 아니고 고등학생씩이나 되어 저러고 다니는 놈들을 보면 한심하기 짝이 없었다.

"같은 학년들끼리 저거 뭐하는 짓이야?"

민규가 발끈하자 주몽이 민규의 고개를 억지로 돌렸다.

"신경 쓰지 마셔. 남이야 뭘 하건 말건."

"저 비겁한 새끼, 약한 놈한테 발길질이나 하고."

주몽이 손사래를 쳤다.

"종환이가 너 손 좀 봐야겠다고 벼른다더라. 조심해라."

현수도 조심스럽게 말했다.

"그래도 다행이야, 자기들 동아리에서만 다구리 놔서. 다른 애들 건드리면……."

현수는 더 이상 말을 잇지 않았다. 민규가 고개를 끄덕이는데 주몽이 한마디 했다.

"우리 반이 아니라서 다행이지. 저런 놈과 같은 반 되면, 아, 생각도 하기 싫다."

민규가 생각한 것도 그것이었다. 종환이랑 같은 반이었으면 아마 서로 멀찍이 떨어져서 전혀 상관하지 않고 소 닭 보듯 하거나, 도저히 서로를 못 참아 매일 싸움이 일어나거나 했을 것이다. 저런 마피아 보스 같은 녀석이 반에 한 명이라도 있으면 그 반은 매일 죽어난다. 마치 전쟁 중에 적에게 잡힌 포로가 룰렛 게임에 불려 나가 머리에 총구를 들이대고 방아쇠를 당겨야 하는, 그런 상황에 놓이는 거나 마찬가지다. 당하는 아이에겐 딱 그 정도인 것이지, 절대로 친구들끼리 노는 것일 수가 없다. 그런 보스가 한 명이라도 있으면 멀리 구석에 있는 아이들끼리도 자유롭게 장난치거나 놀지 못한다. 언제 어느 때 불려 갈지 모르므로.

여자애들이 우르르 몰려가면서 깔깔대고 웃었다. 여자애들은 주로 방송부, 교지부, 미술부, 합창부에 많이 들어가고 남자애들 중에는 운동부가 아니면 사진부에 들어가는 애들이 많았다. 현수도 2학기에는 사진부로 옮길 수 없을까 고민 중이다. 현수는 운동엔 별 관심이 없는 편이었다.

은주와 여자애들 몇이 건물 구석에 서 있다가 민규들을 보고 손을 흔들었다. 어라? 오늘은 은주가 학교에 나왔네? 어디 있다가 나타난 거야? 설마 특별 활동만 하러 온 건 아니겠지? 현수는 살짝 웃어 주고 민규는 눈빛만 맞추고 주몽은 활짝 웃으며 손을 흔들었다. 은주와 그 친구들은 합창부였다. 합창부에서 교육적인 향기가 물씬 나는 가곡과 함께 퇴폐적인 냄새를 풍기는 힙합을 배우는 모양이었다. 은주 팀은 지난 축제 때 플래시 몹을 하겠다며 쉬는 시간이면 교실 뒤에서 소녀시대의 〈GEE〉를 틀어 놓고 춤을 맞추느라 법석을 떨었다. 워낙 유명한 춤이어서 플래시 몹이 가능할 거라 생각했는데 정작 축제가 열리자 수줍은 아이들이 한가운데 나와서 추지는 못하고 다들 자기 자리에서 따라 추었다. 지, 지, 지, 지, 베이베, 베이베 할 때는 모두들 신이 나서 큰 소리로 합창을 해 댔다.

소문에 의하면, 은주가 학교에 안 나올 때는 어딘가 멀리 사라져 버리는 날이라고 했다. 은주는 중학생 때부터 학교를 쉬다 말다 했다던데 학교에 나오지 않을 때는 집에서도 사라진 것이라고 했다. 부모님이 모든 방법을 동원해 친구네 집을 찾아가 보고 시내 여기저기를 샅샅이 뒤져도 찾을 수가 없었는데, 그 이유가 글쎄, 서울을 훌쩍 벗어나 속초에 갔다거나, 신안 반도에 갔다거나, 심지어 저 멀리 남해안의 섬에 가 있었기 때문이라는 것이다. 그렇게 멀리 가는 이유를 물으면, 답답해서, 멀리 떠나고 싶어서, 거기 너무 좋아, 라고 대답한다고 했다. 훌쩍 여행 떠나기라는 건데, 그건 중·고등학생들에게는 꿈같은 이야기일 뿐이다.

은주 애기를 전해 들으면서 민규는 중학교 1학년 때의 소림이가 생각났다. 소림이는 초등학교 때부터 같은 학교에 다녔는데 중학생이 되면서 종종 저녁 시간에 민규를 놀이터로 불러냈다. 민규는 키도 작고 체격도 작았지만 소림이는 벌써 키가 170센티미터는 되고 체격도 커서 마치 어른 같았다. 민규는 소림이를 좋아하지 않았으나 소림이는 민규를 좋아하는지 민규네 아파트 놀이터에 와서 자꾸 나오라고 했다.

그날은 여러 번 거절했다가 마지못해 나간 날이었다. 소림이는 그네에 앉아 흔들흔들하면서 별것도 아닌 애기를 했다. 대부분 다른 도시로 놀러 가느라 학교도 빠지고 집에도 안 들어오는 언니 애기였다. 한번은 언니 따라 수원에 갔는데 그냥 여기저기 쏘다닐 뿐 별것 없더라고 했다. 언니는 왜 그러고 돌아다니는지 모르겠다는 애기 끝에 자기 집에 놀러 가자고 했다. 항상 혼자 다니고 외로워 보여서 조금은 안쓰러운 마음에 고개를 끄덕였다.

소림이네 집은 엄청나게 크고 엄청나게 화려했다. 80평이라고 했다. 거실 바닥은 대리석이라는데 맨발로 디뎠을 때 촉감이 차서 발가락을 바짝 오므리고 걸었다. 모든 물건들이 값비싸 보였다. 하지만 집 안은 휑뎅그렁했다. 그리고 싸늘한 냄새가 났다. 마치 집을 짓다 말고 오래 버려두었을 때 나는 듯한 냄새였다. 민규는 집 안에 엄마가 없어서 나는 냄새라는 걸 본능적으로 알아챘다. 언니만 밖으로 도는 게 아니었다. 아빠는 영화 촬영 감독이라 외국이나 지방 촬영이 많아 거의 집에 없다 했고, 엄마는 대학교수인데 집에 안 들어오는 날이 많다고 했다. 그러니 집에는 소림이 혼자 있는 셈이었다.

소림이는 또래 아이들이 갖고 싶어 하는 것은 모두 갖고 있었다. MP3는 새로 나올 때마다 사서 예닐곱 개가 조르르 놓여 있었고, 컴퓨터도 최신 기종이었다. 그 밖에도 아이팟이며 아이폰이며 공부하는 데 도움이 되라고 사 준 엠씨스퀘어며, 침대를 가득 메운 온갖 인형들이며, 옷들이 방에 가득했다. 거실 한쪽에는 그랜드 피아노도 있었는데 뚜껑이 덮여 있고 그 위에 장식품이 조르르 얹힌 걸 보아 피아노가 울린 것도 한참 전이었을 것 같았다. 호기심보다는 왠지 모를 거리감을 느끼며 쓸쓸함이 가득한 집 안을 둘러보는데 소림이가 말했다.

"내 행복 지수는 30점도 안 되는 것 같아. 엄마가 언니를 중국에 보내야겠대."

그때 민규는 속으로 내 행복 지수는 80점은 넘겠구나 하고 생각했다. 작은 집이지만 엄마 아빠와 함께 놀러도 다니고 아빠는 오디오에 필요한 것을 사러 용산 갈 때마다 민규가 볼 애니메이션 디브이디를 사 와서 항상 함께 보며 이야기를 나눴고, 음악도 함께 듣고 프라모델도 몇 날 며칠 함께 만들어 색까지 칠하곤 했으니 말이다. MP3 한 번 가져 본 적이 없고, 휴대 전화는 롤리팝 폰이고, 아빠 차는 아반

떼였지만 아이팟도, 아이폰도 부럽지 않았다. 오히려 텅 빈 커다란 집이 무섭게만 보였다.

"중국은 왜?"

"언니가 공부 안 하고 자꾸 놀러 다니니까, 중국에 보내서 공부시킨다고."

"언니 혼자 보내는 거야?"

"언니 먼저 보낸 뒤에 나도 보낸대."

"중국 가면 공부 잘하는 거야?"

"몰라."

"언니는 중국 간대?"

"안 간다고 그러지. 친구들이랑 떼어 놓으려는 건데 혼자 가고 싶겠어? 나도 가기 싫어."

"그럼 너희 둘만 가는 거야? 엄마랑 같이 안 가고?"

"엄마는 학교 다녀야 하는데 어떻게 같이 가."

이런 이야기를 나눴다. 민규는 혹시라도 엄마가 나를 중국으로 보낸다고 하면 어떤 마음이 될까, 나를 버리는 것 같지 않을까, 그런 생각으로 한없이 기분이 무거워졌다. 소림이가 마치 죽은 사람들 속에 있는 것처럼 느껴졌다. 그래서 소림이가 불쌍하면서도 자신과 가까워지는 건 꺼림칙했다. 집으로 돌아오는 발걸음이 한없이 무거웠다. 소림이네 엄마는 자식을 사랑하지 않는 건가? 소림이나 소림이 언니에겐 엄마가 필요 없다고 생각하는 걸까?

그런 생각에 민규는 엄마를 보자마자 물었다.

"엄마, 중국에 가면 공부 잘하게 돼?"

엄마가 그게 무슨 말이냐고 되물어 소림이 얘기를 해 주었다. 이야기를 들은 엄마는 남의 일인데도 크게 한숨을 쉬었다.

"공부에는 관심도 없는데 부모 사랑이 필요한 애들을 그렇게 멀리 보내 놓고 어쩌려는 걸까. 요즘엔 가정이 너무 작아졌어. 가정에 꼭 필요한 가족이 없어서 최소한의 역할도 못하는 거야. 예전에는 조부모와 일가친척이 가깝게 살았지. 뭘 조금만 잘못해도 할아버지, 할머니, 고모, 삼촌에게 꾸지람을 듣는 게 당연했어. 가끔 친척 집에 며칠씩 머물면서 자연스럽게 어려운 관계를 배웠고. 만약 어느 집의 부모에게 문제가 생기면 친척들이 애들을 책임졌지. 한데 이젠 그것들이 무너지면서 너무 작은 가정이 되었고, 애들을 책임지고 돌봐야 할 사람이 한 가정에 한 사람도 안 되는 거야. 아이들이 너무 외로워졌어."

민규는 엄마 말을 들으면서 문득 엄마에게 무슨 일이 생기면 나를 책임질 친척이 있을까 생각했다. 고모들이나 이모들과 잘 지내고 있지만, 그렇다고 나를 맡아 줄까? 다 컸으니 혼자 살아야겠지. 난 혼자 살 수 있어. 속으로 중얼거리는데 엄마는 점점 더 한숨을 낮게 쉬었다.

"요즘 같은 세상에선 그 누구도 자기 가정이 어떻게 될지 전혀 예측할 수가 없어. 무슨 일이 생기면 어떻게 할 거라고, 아무도 확신하지 못해. 나에게 무슨 일이 일어날지 어찌 알겠어."

엄마 말대로 그런 얘기를 나눈 지 얼마 지나지 않아 우리에게도 예측하지 못했던 일이 일어났고, 그 결과 원치 않았지만 반쪽 가정으로 살고 있다.

갑자기 소림이가 보고 싶었다. 몇 년이나 지났으니 이젠 좀 밝아졌을까? 아님 더 우울해졌을까. 중국에선 잘 살고 있을까? 그래도 언니와 함께 살게 되어 좋다면서 떠나갔는데 둘이 잘 지내고 있을까? 세상에 의지할 사람이 아무도 없는데 언니라도 있어 소림이는 다행이라고 생각하겠지? 혹시 은주도 소림이와 비슷한 사정이 있는 게 아닐까? 소림이 언니처럼 자꾸 여기저기 떠돌아다니고 싶은 건, 어느 누구도 붙잡지 않기 때문이 아닐까? 아무도 따뜻하게 밥 챙겨 주고 잠자리를 돌봐 주고, 걱정해 주지 않기 때문이 아닐까? 이 세상에 기댈 이 아무도 없어도 엄마만 나를 지켜 준다면, 힘들지 않게 자랄 수 있을 것 같은데 말이다.

골프장에 들어서자마자 주몽이 한껏 선한 미소를 지으며 공손하게 허리를 굽혀 여기저기 인사했다. 민규와 현수도 뒤따라 들어가면서 가능한 한 해맑은 미소를 지었다. 물론 환한 미소라고 생각한 것은 머릿속에서일 뿐이고, 실제론 속없는 놈들처럼 헤벌쭉 웃고 있었지만 말이다. 탄탄한 몸매와 단단한 하체와 유연한 허리를 자랑하는 선수들이 시원하게 스윙을 하면서 저 끝에 가서 연습하라고 눈짓했다. 셋이서 다가가니 그쪽에서 스윙하던 선수 하나가 세 명을 쓱 훑어보더니 손을 저었다.

"일마들, 하체가 너무 부실한데. 가서 줄넘기부터 하고 와라, 골프는 하체가 생명이니까!"

선수가 될 것도 아닌데, 우리가 설마 기초 체력 다지려고 골프장까지 왔으려고. 이제 주몽이 활약해야 할 순간이다.

"선배님, 스윙 폼 멋지신데요, 좀 가르쳐 주세요."

그러면서 야구할 때 타자가 배트 휘두르는 폼을 흉내 낸다.

"얌마, 그건 야구하는 폼이잖아. 두 발을 11자로 딱 딛고! 허벅지 안쪽 딱 쪼이고! 자, 그 간격 유지하고 절대 흔들리면 안 돼!"

선수가 주몽의 골반을 딱 잡더니 무릎을 적당히 구부리도록 몸의 중심을 낮춰 주었다. 그런 다음 허벅지와 무릎 위치를 맞추고 발이 놓이는 자리까지 잡아 주었다. 이런 식으로 배우는 거다, 잘 봐 둬라 하는 얼굴로 주몽이 능글맞게 웃었다. 민규와 현수도 그 뒤에 조르르 줄을 섰다. 선수가 한 사람씩 골반과 허리의 위치를 잡아 주었다. 비록 주몽에게 했던 만큼 성의 있게 가르쳐 주지는 않았지만 그래도 골프를 배우게 하다니, 역시 고주몽이야.

오늘 저녁 민규의 계획은 이랬다. 후다닥 저녁을 먹고 작업실에 가서 컴퓨터 작업 좀 하고 주차장으로 간다. 미디도 없고 신시사이저도 없어 곡을 이어서 만들기는 어려우므로 만들어 놓은 부분을 다듬는 작업을 해야겠다. 그렇잖아도 하이라이트 부분이 영 마음에 들지 않는데 비트를 더 짧게 해 봐야겠다. 엄마가 밥을 차려 주면서 맞은편에 앉았다. 아, 오늘 상담 있었지? 괜히 마음이 켕겼다. 엄마의 눈을 피해 밥상에 코를 박다시피 하고 허겁지겁 밥을 떠 넣고 있는 민규에게 엄마가 입을 열었다.

"너, 야자를 그렇게 빼먹으면 안 된다고 하시더라. 학교 방침이 워낙 강경해서 담임 재량으로는 어떻게 할 수가 없대. 담임 샘도 계속 교감·교장 샘한테 혼난대. 일단 사유서를 받아 두지만 다른 선생님들 항의가 많으면 어쩔 수 없다고 하시더라. 어쩔 생각이니?"

"어쩔 수 없다는 게 무슨 뜻이야?"

"봐줄 수 없다는 뜻이겠지."

"대회만 끝나면 야자 할 거야. 그때까지만 기다려 줘. 학교에는 대회 참가 확인서 떼서 낼게."

야간 자율 학습이 어째서 야간 강제 학습이 되어야 하는 거지? 이름을 바꾸면 좀 생각해 보겠다고 해야 하나? 교과부에 건의해야 하나? 헌법 소원을 내야 하나? 절대로 야자를 하지 않고 절대로 전학도 가지 않으면 어떻게 될까? 민규의 머릿속에서 의문이 꼬리에 꼬리를 물고 줄줄이 태어났다. 언제까지 이렇게 버틸 수 있을까?

슈퍼히어로는 없다

    이런 일이 일어날 줄은 몰랐다. 언제든 한번은 종환이와 맞붙을 거라고 생각했지만 이렇게 엉뚱한 방식으로 일이 벌어지리라고는.

    점심 먹고 나서 잡담을 나누고 있는데 누군가가 교실 창문을 열고 민규를 불렀다.

    "김민규, 네 지갑 우리 반에서 돌아다닌다."

    뭐라고? 그게 무슨 소리야? 민규는 주머니를 뒤졌다. 지갑이 없어졌다. 벌떡 일어나 옆 반으로 달려갔다. 교실 뒷문을 와락 열고 들어갔더니 왁자지껄 떠들어 대던 아이들이 일제히 돌아보았다. 그중에서도 특히 체격이 좋아 한눈에 들어오는 종환이가 책상에 걸터앉아 지갑을 번쩍 들어 보였다. 결국 저 녀석과 한판 붙는구나. 순식간에 민규의 감각이 살아났다. 이마와 뒤통수가 화끈거리며 번쩍번쩍 불이 들어오는 것 같았고 등줄기가 서늘해지면서 온몸의 근육이 팽팽해졌다. 종환이 놈이 자신과 한판 붙으려고 기회를 노리고 있었을 거다. 감이라는 게 있고 촉이라는 게 있다. 오늘 여기서 실컷 맞을지도 모르지만, 좋다, 그냥 맥없이 맞지는 않을 거다. 민규가 자신에게 시선을 꽂은 녀석들을 대충 훑어보니 예닐곱 명쯤 되었다. 다른 반에 있는 패거리까지 모인 듯했다.

"내놔."

한 걸음 내디디면서 민규는 목소리를 깔았다. 그리고 손을 적당한 거리로 내밀었다. 종환이가 빙글빙글 웃으며 저 멀리 떨어진 녀석에게 지갑을 던졌다. 그 녀석이 받아서 다른 녀석에게 던졌다.

"야, 네 여친 더럽게 못생겼더라, 너 중딩 사귀냐?"

종환이가 약을 올리고 패거리가 천천히 모여들더니 민규 주위로 빙 둘러섰다. 내 여친이라니, 내게 여친이 어디 있어, 누가 내 지갑에 여자애 사진 넣어 놨나? 싶었지만 그런 말들은 지금 쓸데없다. 민규는 다시 한 번 목소리 깔고 딱 잘라 말했다.

"내놔, 거기 신용 카드 들어 있어."

민규는 집에서 멀리 떨어진 곳으로 불규칙하게 레슨을 받으러 다니기 때문에 무슨 일이 생길지 몰라, 엄마의 신용 카드를 하나 갖고 있었다. 지갑이 계속 이 녀석 손에서 저 녀석 손으로 날아다녔다. 지갑을 쫓아가면 안 된다. 민규는 한 녀석만 노리고 천천히 다가갔다. 그 녀석 손에 지갑이 떨어지는 순간 확, 덮쳤다. 녀석이 민규 아래에 깔렸다. 녀석의 턱을 겨냥하고 주먹을 내지르자마자 뒤에서 종환이가 발로 걷어찼다. 밑에 있던 녀석이 민규를 번쩍 들추고 일어나 도망쳤다. 민규가 몸이 뒤집힌 상태에서 바라보니 종환이가 발치 쪽에서 다리를 치켜드는 모습이 보였다. 민규는 순간적으로 바닥에 놓여 있던 장우산을 집어 종환이에게 날렸다. 너, 오늘 잘 걸렸다.

쉭! 장우산이 날아갔다. 콱! 악! 이런, 이럴 수가……. 옆에 가만히 앉아서 구경하느라 고개를 이쪽저쪽으로 돌리던 범생이에게 우산이 날아간 것이었다. 다행히 우산은 정면으로 꽂히지 않고 스치듯 날아가면서 범생이의 관자놀이를 옆으로 길게 찢어 놓았다. 범생이가 손으로 머리를 감쌌고 금세 손가락 사이로 피가 흘렀다. 누군가가 교실 밖으로 뛰어나가는 게 보였다. 아마 교무실로 뛰어가는 것이리라. 얼굴이 굳어 버린 종환이가 얼른 지갑을 건네주었고 민규는 지갑을 뒷주머니에 넣은 뒤, 곧바로 우산에 맞은 범생이를 부축해 양호실로 데리고 갔다. 아이들 몇 명이 범생이를 앞뒤에서 부축하고 주르르 따라갔다.

양호실 선생님이 거즈 뭉치로 범생이의 상처 부위를 압박하며 지혈시키고 있을 때 담임 선생님이 들이닥쳤다. 제일 먼저 누가 다쳤고 상처가 어느 정도인지를 확인했다. 그러고는 민규에게 엄마 호출하라고 한 뒤 다친 아이에게도 부모님을 부르라고 했다. 자초지종은 들으려고도 하질 않았다. 하는 수 없이 민규는 또 엄마를 불러야 했다. 엄마 간 떨어질지도 모른다. 조심조심 살살 얘기해야지. 학교에서 전화만 해도 엄마는 혼이 나간 사람처럼 놀란다.

"엄마, 내 지갑을 애들이 훔쳐 갔거든."

"뭐야? 왜, 누가?"

"애들이 장난하느라 내 지갑을 훔쳐서 다른 반에 돌렸나 봐. 그래서 지갑 찾으러 갔는데, 애들이 곧바로 돌려주질 않고 계속 돌리는 거야."

"그래? 아니, 애들이 어떻게 그런 장난을 해?"

"그래서 내가 어떤 애하고 몸싸움하다가, 장우산 있지?"

"응? 장우산?"

"응, 그걸 날렸어. 근데 그걸 다른 애가 맞았어. 아무 잘못도 없는 애가."

"뭐라고? 어딜? 어딜 맞았어? 괜찮아?"

"눈 옆으로 머리가 찢어졌어. 엄마, 그것 때문에 학교에 와야 할 거 같아."

"헉! 알았다, 금방 갈게."

이렇게 해서 엄마는 양호실로 달려왔고, 오자마자 선생님과 범생이 어머니와 범생이에게 굽실거리며 죄송합니다, 죄송합니다를 연발하면서 인사했다. 담임이 엄마에게 피해자 부모님께 사과하고 치료 책임지신 뒤 잘 해결하시라고 했다. 그러고는 어쨌거나 민규가 사고를 친 것이라 그냥 넘어가지는 않을 것이라고 쐐기를 박았다. 엄마는 사색이 되어 담임 등 뒤에 대고 죄송합니다, 하며 허리를 굽혔다. 민규가 얼른 엄마에게 귓속말로 말했다. 애들이 신용 카드를 훔쳤는데, 아직도 못 찾았어. 그래서 싸움이 커진 거야. 그 말을 듣자마자 엄마가 담임에게 달려갔다.

"선생님, 애들이 신용 카드를 훔쳤다는데요. 그걸 아직도 못 찾았고요."

"네, 알고 있습니다. 그건 그것대로 처리할 거예요."

엄마는 범생이와 그의 어머니를 데리고 병원으로 갔다.

민규는 그날 엄마에게 사건의 자초지종을 아주 상세히 털어놓아야 했고 실컷 혼나야 했다. 하지만 민규는 결코 물러서지 않았다. 아이들이 신용 카드가 들어 있는 지갑을 훔쳐서 돌렸다는 것, 그리고 결국 신용 카드를 잃어버렸다는 것을 강조했다.

"그건 절도야, 엄마. 절대 용서 못 해. 지갑에서 신용 카드를 빼냈어. 그리고 지갑과 따로 돌렸다고."

엄마가 대답했다.

"선생님에게 말씀드리고 경찰에 신고했어야지. 네가 우산을 날릴 게 아니라. 그건 너무 위험한 흉기가 될 수 있는 거잖아. 너, 이만하길 다행인 줄 알아. 큰일 날 뻔했다고! 그 애 엄마한테 얼마나 죄송하다고 했는지 알아? 엑스레이 찍고, 혹시라도 무슨 일 있을지 모르니 MRI도 찍자고 했어. 의사가 큰 문제는 없을 거라고 하면서 다행히 그 애가 옆으로 스친 거라 머리는 안 아프다고 하더라. 제발 조심 좀 하고 살자."

"알았어, 조심할게."

엄마는 다친 아이가 치료를 받고 실밥 뽑을 때까지 병원에 함께 가야 하고 만날 때마다 거듭 사과해야 할 거라고 했다. 민규는 죽어도 잘못했다는 생각이 안 들었지만 매번 엄마 속상하게 만드는 게 미안해서 앞으로는 좀 조용히 살아야지 하는 생각을 했다. 어쨌거나 작업실 들렀다가 주차장 가려면 서둘러야 했다. 메일함을 열었더니 동현이의 메일이 와 있었다.

완성시키느냐 아니냐는 점수에 들어가지도 않아. 자기만의 뚜렷한 감각이 있느냐 없느냐를 판별하는 게 선생님들 일이지.

완성된 모양이 어떨지 전혀 감 잡을 수 없는 천을 걸친 마네킹 사진 세 장이 번호까지 매겨서 첨부되어 있는 거였다. 민규로서는 올 굵은 검정 망사와 부드러운 카멜색 스웨이드 정도만 겨우 구별할 수 있었다. 번호 순으로 간략한 설명이 달려 있었다. 1번 사진은 마네킹 오른쪽 어깨에 짙은 카키 천이 걸쳐져 있는 거였고 설명은 카키 스웨이드 바탕의 블루종 오른쪽 앞뒤 판. 2번 사진은 왼쪽 어깨에 카멜 스웨이드를 걸쳐 놓고 '왼쪽 앞뒤 판'이라는 설명이 붙어 있었다. 3번은 한가운데 올 굵은 검은 망사를 걸쳐 놓은 부분이었다. '블루종 양쪽 앞면 반쪽 덮음'이란 설명과 함께.
사진상으로는 천을 몇 장 겹쳐서 덮어 놓았을 뿐 가위질을 하지도 않았고 바느질을 하지도 않아서 모양은 알 수 없었지만 대략 어떻게 만들려는지는 짐작되었다. 그러니까 양쪽 색깔이 다른 스웨이드 점퍼인데 한가운데만 망사를 덧씌운 특이한, 여자 옷인지 남자 옷인지 알 수 없는 옷을 만들려는 것 같았다. 아, 패션은 너무 어려워. 이걸 입고 다니라는 거야? 물론 패션이란 꼭 입을 옷을 만드는 게 아니라는 점을 동현이가 여러 번 말해 주었지만 참 희한한 옷을 만든다 싶었다. 동현이는 제출한 사진 설명 뒤에다가 비교적 좋은 점수를 받았어, 블루종을 이런 식으로 만들 생각을 했다는 데 점수를 준 것 같아, 라고 적었다.

민규는 답장을 쓰기 시작했다.

특이한 옷을 만드는 모양이네. 나는 잘 모르겠지만, 잘하고 있는 것 같구나. 나는 요즘 사건과 사고로 이어진 날들을 보내고 있다. 아마 악기를 잃어버린 것이 이 사고들의 전조였나 보다. 작업은 꿈도 꾸지 못한 채 매일 주차장에서 알바 하느라 밤을 새우고 몽롱한 머리로 아침 수업은 잠으로 때우고 있다. 악기 살 돈을 모으려면 아직 한참이나 많은 밤을 새워야 하는데 잠을 너무 못 자니까 머릿속에 아무것도 떠오르질 않아…….

메일을 쓰다가 깜빡 잠이 들었다. 엎드려 자고 있는데 얼굴 밑에 있던 휴대 전화가 요란하게 울렸다.

"학생! 학생, 왜 아직 안 나오는 거야! 어떻게 된 거야!"

"아, 네! 갑니다, 지금 거의 다 와 가요."

얼마나 깊이 숙면을 취했는지 정신이 말똥말똥해졌다. 뛰어나가면서 거울에 비춰 보니 얼굴에 붉은 줄이 길게 나 있었다. 아놔! 누가 보면 칼 맞은 줄 알겠네. 손으로 뺨을 가리고 달렸다.

민규는 학교에서 반성문을 썼다. 사건에 대해 자세히 쓰고 장우산 사고 경위를 썼지만 누가 주도했고, 누가 지갑을 훔쳤으며, 누가 신용 카드를 빼돌렸는지를 조사하는지 마는지는 알 수가 없었다. 담임에게 반성문을 제출하며 다시 한 번 물었지만 그 반 담임이 조사하고 있다고만 할 뿐이었다. 종환이 놈이 어떤 처벌을 받았는지도 알 수가 없었다. 다만 민규와 마주치면 녀석이 눈길을 피했다. 그런 놈을 붙잡고 무슨 벌을 받았느냐고 물어볼 수도 없고, 왜 그런 짓을 했는지는 더더욱 물어볼 수도 없었다.

신용 카드는 돌아오지 않았지만 며칠 뒤 민규의 여친 사진은 돌아왔다. 어라? 이 사진은 소림이네? 소림이가 중국으로 떠나면서 학생증 사진 한 장을 주고 갔는데 그걸 지갑 속에 깊숙이 집어넣고 잊어버린 것이다. 한참이나 돌고 돌았을 그 사진이 어떻게 해서 민규에게 돌아왔는지는 미스터리로 남아 있다. 돌려받겠다는 생각조차 하지 않고 잊어버렸는데 말이다. 물론 사진이 민규의 손에 안전하게 넘어올 리 없었다. 주몽이 사진을 가로채서 보고는 와하하, 웃으며 자빠지는 시늉을 했다. 소림이가 아주 못생기진 않았는데 저렇게 웃을 정돈가? 그나저나 이게 어떻게 다시 내 손에 들어오게 된 거지? 어쩌면 종환이 녀석이 계속 갖고 있다가 빵 셔틀을 시켜 돌려준 것인지도 모르겠다.

실컷 키득거렸는지, 별 반응이 없어서 시들해졌는지 주몽이 사진을 돌려주었다.

"자, 니 여친 사진 받아라. 실패한 스나이퍼야."

"뭐라고?"

"니 별명이 장우산 스나이퍼인 거 몰랐어? 역시, 세상 사람 다 아는데 자기만 모른다는 말이 맞구나. 내 별명이 고구려 대마왕인 건 알고 있냐?"

"언제 그런 별명이 생겼냐?"

"내가 직접 지으셨다. 큰 인물을 알아보는 사람이 없으니 직접 짓는 수밖에."

"에라이, 큰 인물 나셨다."

"아놔, 장우산 스나이퍼 좋아하시네, 장마철 쓰레빠다, 쓰레빠!"

둘이서 그렇게 싱거운 농담을 주고받고 있는데, 현수가 가방에서 투명 파일을 꺼내더니 한 장 한 장 확인하듯 들춰 보았다. 그러고는 다시 파일 속에 넣더니 교실을 나갔다. 저건 뭐지? 과제를 내러 갈 일도 없는데? 뭘 작성한 거지? 주몽과 민규는 고개를 갸웃했다.

교실로 돌아온 현수를 붙잡고 캐묻자, 현수가 부끄러운 듯 머뭇거리더니 결국 털어놓았다.

"본격적으로 인권 운동을 해 보려고 S 대학에서 주최하는 국제 인권 기구 캠프에 참가 신청을 했어. 그게 받아들여져서 서류랑 프로그램, 선생님께 보여 드리고 허락받으러 갔다 온 거야."

"담임이 뭐라던?"

"학교 일정에 방해되지만 않으면 괜찮대. 어차피 방학 중에 하는 거니까 상관없지 뭐. 대학 입학 사정관제에도 도움이 될 테니, 잘해 보래."

"학교 일에만 제동 걸지 않으면 된다는 거겠지."

현수가 파일을 소중히 들고 가방에 넣는 순간, 민규가 가방 속에 반쯤 들어간 파일을 가로채서 읽어 보았다.

- 한국 앰네스티 지부 주최 세계 인권 선언 기념 인권 캠프 -

세계 인권 선언의 현재적 의미를 되살리며 지금도 전 세계 곳곳에서 벌어지는 인권 침해를 막기 위한 방법을 모색하는 데 그 의의가 있다.

이번 캠프는 '역사적 인권과 세계 인권 선언의 이해'에 대한 강연을 시작으로 한국 인권 운동의 발전적 방향 모색을 고민해 보는 시간과 더불어 '어린이의 권리', '노동권', '생명권', '언론의 표현과 자유' 등 여러 주제에 관한 강연과 다채로운 프로그램이 마련되어 있다.

〈소주제〉

＊ 노인 인권

＊ 청소년 교육의 권리, 범죄 예방을 위한 법 교육 프로그램

* 청소년 배달 노동자 지원 프로그램
* 장애인 인권 보장에 관한 조례안 제정 운동

대강 이런 내용이었다. 뒷부분에는 리포트도 작성되어 있었다. 현수가 사는 집 근처 편의점과 배달 음식 전문 업체의 청소년 고용 실태에 대한 조사 보고서였다. 이 보고서가 통과된 모양이다.

지금 민규가 사는 지역은 부유층은 아니지만 학부모의 가정 형편이 비교적 고른 편이어서 학교에 다니지 못할 만큼 경제적 어려움을 겪는 아이들은 거의 없었다. 하지만 민규가 중학교 다닐 때 살았던 지역은 이전까지 극빈층이 살던 곳이었다고 한다. 그곳을 아파트 단지로 개발했는데 일부는 그대로 남아 있어 아직도 아파트 아랫동네는 극빈층이 살고 있었다.

밤이 되면 몇 대의 오토바이들이 아파트 단지 내리막길로 슬라이딩을 했다. 어느 날인가 엄마가 위험한 아이들이 있다고 신고한 뒤 창밖을 내다보며 경찰차를 기다렸다. 마침 방에서 나오다 엄마가 뭘 하고 있는지 알게 된 민규가 말했다. 엄마, 그 아이들에겐 오토바이 타는 시간이 유일하게 즐거운 시간이야. 그렇게라도 하지 않으면 걔네들, 너무 힘들어서 못 살 거야. 엄마는 말했다. 그래도 다른 사람들을 위협하는 행동은 하지 말아야 해. 하지만 민규는 아이들을 감쌌다. 걔네들은 그냥 오토바이를 타는 것뿐이야. 누굴 위협하려는 게 아냐. 엄마는 고개를 끄덕거렸다. 네가 그 애들을 이해해 주고 애틋하게 여기는 게 고맙네. 엄마, 나는 걔네들 마주치는 게 너무 괴로워. 그렇게 불쌍한 애들이 있다는 게 너무 괴롭단 말야.

그 생각이 떠올라 민규는 청소년 고용 실태 조사 보고서를 건네면서 현수에게 물었다.

"이 아이들이 왜 학교를 그만두고 배달 일을 하는지 알아? 먹고살아야 하기 때문이야. 여동생도 있고, 장애인 엄마도 있어. 할머니들이 폐지를 주워 애들을 키우는데 할머니가 아프면 애들이 돈을 벌어야 해. 애들이 학교에 다닐 수 없는 이유가 있더라고. 걔네들은 우리와 너무 다르다고 느껴. 같은 반인데도 서로 이야기를 나누지도 못해. 우리 반 애가 어느 날부터 학교에 나오지 않는 거야. 그러다 레슨 가는 길에 골목길 야식집 앞에서 오토바이를 둘러싸고 있는 애들 틈에서 걔를 보게 됐어. 눈이 마주쳤는데, 그 애가 얼른 눈길을 돌리더라고. 너, 고개 숙인 채 되도록 빨리 거길 벗어나야 하는 일 겪어 봤어? 난 걔네들이 배달 올까 봐 뭘 시켜 먹지도 못했어. 같은 반 친구가 배달한 짜장면, 그걸 받을 수 있을까? 그 길을 갈 때마다 걔들을 봐야 하는 일이 너무 고통스러웠어. 나랑 똑같은 애들인데, 누구는 편하게 학교 다니고 누구는 길거리에서 개고생하고. 그러다 그 애가 오토바이 사고가 났다는 소식을 들었어. 차에 받혀서 붕 떠올랐다가 떨어졌대. 정신 차려보니 온몸이 마비되어 있더래. 걔한테 초등학교 다니는 여동생이 하나 있었어. 누가 걔를 보살펴 주냐고. 나는 그런 애들이 배달 전화를 기다리며 길가에 앉아 있는 그 골목을 지나다닐 자신이 없었어. 그 동네에서 도저히 살 수가 없어서 엄마보고 이사 가자고 했어. 그래서 여기로 온 거야."

주몽이 눈살을 찌푸렸다.

"너, 너무 예민한 거 아냐? 세상에는 별의별 사람 다 살아. 그 골목을 너 혼자 다니냐? 너네 반의 다른 애들도 다녔을 거 아냐?"

현수가 손을 저었다.

"그러니까 이 애들이 중학교라도 마칠 수 있도록 감시하는 게 인권 단체가 하는 일이야. 의무 교육을 마치는 동안 생활을 보조하도록 지역 복지 담당이나 복지 시설과 연결해 주는 일을 하는 거지. 그래서 실태를 파악하는 거야."

"오, 마이 갓! 이렇게 착한 청소년들이 있다니!"

주몽이 너스레를 떨고, 민규는 화를 냈다.

"실태 파악한답시고 말만 많은 사람들이 난 젤 싫더라."

주몽이 손을 절레절레 흔들었다.

"야, 야, 지금 우리가 어떻게 할 수 있는 게 아니잖아. 우리가 커서 그런 것들 고치면 되지."

"지금도 생각을 안 하고 다 크면 잊어버릴 텐데, 고친다고? 뻥치지 마셔!"

"너는 걔네들을 위해 뭘 했는데! 겨우 도망이나 친 주제에!"

"그만, 그만해. 우리끼리 싸울 문제가 아니야."

그땐 민규도 아빠가 막 돌아가셨을 때였다. 언제 어떻게 될지 모르

는 애들 중에 자신이 속할지도 몰라 불안했던 걸까? 그때 다쳤던 애
는 지금 어떻게 되었을까. 지금도 계속 그런 아이들이 생겨나고 있지
않을까. 누군가는 그 애들을 보살펴야 하지 않을까. 그래, 그나마 현
수 너 같은 친구들이 그 애들을 위해 무언가 할 수 있을지도 모르지.
그래, 그렇게 되기를 바란다.

'인생이 무엇인지 다 알지는 못하지만 내가 아는 사람들의 인생을
담은 노래를 만드는 것, 그것이 왜 의미 없는 일이지? 나와 똑같은 피
를 가지고 내 곁에서 살아 숨 쉬고, 일하고, 웃고, 싸우고, 우는 사람
들의 리듬을 담는 것, 그게 내가 하고 싶은 일이란 말야. 고통스럽게
살고 있지만 노래를 통해 자유로워지는 것, 그게 내가 하고 싶은 일
이라고. 왜 그게 아무것도 아니지? 외로운 친구를 위해 노래를 만들
어 불러 주는 것이 왜 의미 없는 일인 거지?'

민규가 보기에, 첫 번째 곡에 비하면 두 번째 만들고 있는 곡은 음
이 전반적으로 낮아서 주몽에게 어울릴 수도 있을 것 같았다. 하이
라이트 부분이 일반 곡보다 낮으니까 비트도 음색도 강렬하게 해야
겠지. 오늘 밤에 주인 형의 신시사이저를 빌리면 하이라이트는 대강
완성할 수 있을 텐데, 어떨지 모르겠다. 아르바이트하러 갈 때까지 시
간이 얼마 없으니 형이 일찍 퇴근하면 딱 좋은데. 요즘 슬슬 눈치가
보이는 게 더 이상은 장비를 쓸 수 없을 것 같았다.

어깨를 축 늘어뜨리고 작업실 가까이 왔을 때 부르르, 민규의 휴대
전화에서 문자 메시지 진동이 울렸다. 홍대 쪽 선생님이었다.

—신시사이저, 작은 거 하나 빌려 놨다. 가져가라.

이야호! 하늘이 나를 돕는구나! 민규는 다시 전철을 갈아타고 홍대로 달려갔다.

마피아 오퍼

어쩌면 신시사이저가 없던 며칠이 오히려 정말 필요한 시간이었는지도 모르겠다. 음을 바로바로 입력하면서 고쳐 볼 수가 없어 머릿속으로 이렇게도 저렇게도 상상을 해 봤던 게 큰 도움이 된 듯했다. 주몽이 노래 부를 때 민규의 생각만큼 부르지 못한 것도 무엇 때문인지알 것 같았다. 자유롭고 화려한 리듬과 비트를 제대로 살리지 못하는 것은 무엇보다 연습 부족 때문이지만 곡을 만드는 사람이 분명한방향이 없었기 때문인지도 모른다. 이제야 뭔가 방향이 잡히는 것 같았다. 두 번째와 네 번째 비트가 강조되는 기법을 좀 더 연습하면 될듯싶었다.

아쉬운 것은 주몽이 폭주하는 기관차 같은 성량을 지니지 못한 점이었다. 일반 아이들보다 굵직한 음색이지만 달달한 뒤끝은 민규가원하는 음색이 아니었다. 좀 더 남성적인, 폭발하는 음색을 찾고 있

106

지만 하는 수 없었다. 아쉬운 대로 주몽의 감각을 믿어 보는 수밖에.

R&B의 가장 큰 특징은 자유분방한 방랑자의 이미지다. 끊이지 않는 리듬이 영원히 이어질 것만 같은, 조금 심하게 말하면 노래 부르다 죽었는데 자기가 죽은 줄도 모르고 계속 노래를 부르면서 저승을 걸어가는 듯한 그런 느낌이다. 민규는 거기에 좀 더 남성적이고 폭발적인 색깔을 넣는 편이었다.

야자를 끝내고 작업실로 온 주몽이 호들갑을 떨었다. 빌려 온 중고 신시사이저에는 아무 관심이 없었다. 마이크를 잡고 목소리 테스트를 한다면서 장난을 쳤다.

"야, 오랜만에 마이크 잡아 본다. 아, 아."

주차장에 가기 전까지 두 시간밖에 없어서 마음이 급한 데다 오랜만에 노래를 맞춰 보는 터라 민규는 심각해 죽겠는데 장난스럽게 구는 주몽이 못마땅했다. 이럴 때 민규는 목소리를 잔뜩 낮추고 묵직하게 말했다. 어떻게 해야 상대에게 말이 먹히는지 안다고나 할까. 금세 주몽이 조용해지면서 목소리를 가다듬었다.

"내가 생각 좀 해 봤는데, 속도 조절이 좀 필요한 것 같아."

"속도 조절이라니? 지금 내가 박자를 못 맞춘다는 뜻이냐? 노래방 100점 경력 17년 차인데. 노래방서 태어나 울기도 전에 노래부터 불렀다는 레전드 님께 할 말은 아닌 것 같은데."

민규가 출력해 놓은 악보에다 강세 표시를 하면서 여기, 여기에 포인트를 줘서 불러 봐, 라고 주문하자 주몽은 고개를 끄덕거렸다.

"여기는 반 박자를 쉬었다가 하나, 둘, 살짝 끌리는 것처럼 나오다가 셋, 넷! 순간 강하게 터뜨리듯이, 무슨 말인지 알겠지? 네 목소리를 상상해 봐."

음악이 흘러나오고 주몽이 노래를 불렀다. 아, 짜식. 노래 하나는 기막히게 잘한단 말야. 역시 하늘이 내린 인간의 목소리를 따라올 악기는 없어. 참 신기해. 노래가 어쩜 이렇게 풍부해지는지 몰라. 나처럼 민숭민숭한 목소리로 부르면 아무 느낌도 안 나는데 말이지. 주몽이 부르면 내 가슴도 울렁거린다니까. 지금 부른 두 번째 곡 〈300일 동안〉을 집중적으로 연습시키는 게 좋겠어. 첫 번째 곡 〈위험한 아이〉는 주몽에게 너무 높으니까. 높은 음이 자유자재로 되는 친구를 한 명 찾아내야 할 것 같다. 그래도 민규로선 한고비 넘긴 기분이다. 주몽도 주문에 잘 따라 주었고 연습을 많이 하겠다고 했으니 좋아질 거다.

금세 세 시간이 흘렀다. 주몽과 민규는 가방을 챙겨 후다닥 튀어나왔다.

오늘따라 주차장에 들락거리는 차들이 많았다. 보통은 12시쯤이면 거의 조용해지고 2, 3시까지 드문드문 들어오는데 오늘은 4시 넘어서 들어오고 심지어 5시 넘어서도 들어왔다. 살짝 눈 좀 붙이려 하면 자동차 전조등이 눈을 찔렀다. 차에서 나오는 아저씨들마다 하나같이 술 냄새를 물씬 풍겼다. 에, 오늘 다들 단체로 회식을 했나, 왜 이러지. 아, 그러고 보니 오늘 불금이었구나, 불타는 금요일. 우리는 내일 정상 수업인데. 아놔, 아저씨들의 불금을 위해 내 금욜 밤은 무겁기만 하구나. 세상에서 제일 무겁다는 눈꺼풀이 내려와도 내버려 둔 채 민규는 두 시간 동안 정신없이 곯아떨어졌다.

잠을 너무 오랫동안 못 자면 이렇게 되는구나. 길바닥은 길바닥 같지 않게 푹신푹신하고, 발을 디디면 푹 꺼지고, 이야기를 하는 중에도 순간순간 잠을 잔 건지 정신을 잃은 건지 모르게 기억이 없고, 몸의 감각이 하나도 없어서 누가 때려도 아픈 줄도 모르게 되는구나. 그리고 어디선가 아련하게 노래가 들리는 것 같은……. 배경 음악처럼 끊이지 않고 흘렀다. 어디선가 들어 본 것 같기도 하고 난생처음 듣는 것 같기도 하고. 금방 따라잡을 수 있을 것 같은데 정신 차리고 보면 싹 달아나고. 이게 바로 매트릭스일지도 몰라, 가상 현실이란 게 내가 느끼면 그게 가상 현실이지 뭐.

민규는 학교에 가자마자 가방 집어 던지고 책상에 엎드렸는데 옆에서 주몽이 어깨를 흔들었다.

"야, 일어나. 큰일 났어."

일어날 수 없어서 응, 응, 하고만 있는데 주몽이 끈질기게 흔들어 댔다. 정신이 몽롱한 와중에도 뭔가 이상한 분위기가 느껴졌다. 엎드린 채 눈만 간신히 치켜뜨고 시선이 닿는 반경을 최대한 넓혀 보니, 반 아이들이 모두 뭉쳐 서서 수군거리는 모습이 영 심상치 않았다. 여자애들 중에는 훌쩍거리는 애도 보였다. 무슨 일 있냐? 애들이 왜 저러냐? 웅얼거리며 마지못해 관심을 보였다.

"종환이 빵 셔틀 있잖아, 연우."

"걔, 왜?"

"걔가 엊저녁에 아파트에서 뛰어내렸대."

"뭐라고?"

심장이 덜컥 튀어나오려고 했다. 엉덩이에 못이 박힌 듯 민규는 자기도 모르게 벌떡 일어났다. 결국 일이 터졌구나. 그래서 아침에 등교하는데 교문에 선생님들도 아저씨들도 없었구나. 복도에서 애들이 웅성거리는 것도 여느 때와는 좀 달랐고. 그래서 애들이 조회 시작 직전인데도 자리에 앉아 있지 않고 반은 복도에 나가 있는 거구나. 그런데 왜 내 머리 한쪽이 날아간 것 같지? 왜 내가 지상에서 50미터쯤 떠올라 아이들을 내려다보고 있는 것 같지? 왜 아이들을 내려다보는데 가슴이 찢어지는 것 같고, 그래도 이제 육체가 아프지 않다는 안도감을 느끼는 거지? 왜 애들이 나를 위해 울어 주는 것 같지? 민규는 간신히 자리에 주저앉으며 머리를 흔들었다. 정신을 좀 차려야 할 듯싶었다.

"왜 그랬대?"

설마, 설마, 종환이 때문은 아니겠지? 주몽은 고개를 절레절레 흔들 뿐 자기도 모른다고 했다. 민규가 주몽의 어깨를 잡고 흔들었다.

"종환이 학교 나왔냐?"

주몽은 또다시 고개를 흔들었다.

"학교 나왔는데 교무실로 불려 갔다가 집에 갔대."

그렇다면 역시 종환이 때문에 죽은 거란 말인가?

아, 불쌍한 놈. 아, 이걸 어쩌지. 주몽도 손을 비볐다 뺨을 비볐다 하면서 중얼중얼하는 게 아마도 민규와 똑같은 말을 주절거리는 것 같다.

복도에서 담임 목소리가 들렸다. 다들 들어가라! 조회한다! 앞문과 뒷문이 드르륵, 드르륵 열리면서 담임은 앞문으로 현수와 아이들은 뒷문으로 쏟아져 들어왔다.

담임이 들어오면서 아이들을 눈으로 훑었다. 아이들이 하나둘 조심스럽게 자리에 앉았다. 적막에 가까운 침묵이 흘렀다. 아이들은 담임을 똑바로 보지 못하고 고개를 숙인 채 힐끔힐끔 훔쳐보았다. 다들 죄인처럼 보였다. 어디선가 훌쩍이는 소리가 침묵을 깼다.

"너희들, 오늘 안 좋은 소식 들었을 거다. 아직 정확한 상황은 모르니까 쓸데없는 말 하지 말고, 동요하지 말고, 평소처럼 공부하고, 서로 이해해 주고 그러기를 바란다."

"은주 안 나왔나? 지민이랑 선주도 안 나왔네. 부반장, 은주한테 연락해 봐라. 얘들 어디 있는지 꼭 확인해야 한다. 아침 내내 부모님도 전화를 안 받던데."

그러면서 담임이 민규를 보았다. 민규는 출석했나 하고 확인하는 듯했다. 민규는 살짝 기분이 나빴다. 왜 나를? 내가 어때서? 난 결석한 적도 없는데? 순간적으로 그런 반응이 튀어나왔다. 아마 담임과

111

눈이 마주쳤을 때 눈두덩이 확 치켜 올라갔을 거다. 물론 곧바로 내리깔았지만 말이다. 그러나 상황이 상황인 만큼 담임의 마음을 이해해야 한다.

지금쯤 각 반마다 비상이 걸렸을 거다. 평소 문제 있는 애들이 동요하지 않도록 특별 관리에 들어가야 할 거고, 가해자 측과 피해자 측 모두 조율해야 하고, 외부 관심 차단하고 언론 상대로 공식 발표해야 할 테니 정신없을 거다. 아이들은 스스로 입조심을 했다. 모두들 고개를 맞대고 수군거릴 뿐 뭐라고 크게 얘기하는 아이들은 없었다. 담임이 나가고 여자애들 중에서 한 아이가 울자 다들 훌쩍훌쩍 따라 울기 시작했다. 아예 엎드려 우는 애도 있었다. 부반장 예진이가 교실에 있는 전화기를 붙잡고 계속 은주에게 통화를 시도했지만 받지 않는 것 같았다. 예진이는 점점 울상이 되어 갔다. 현수는 웅성거리는 애들을 조용히 시키느라 애썼다.

수업 들어오는 선생님들은 하나같이 사건에 대한 이야기가 나오지 않게 조심하면서 굳은 표정으로 진도만 주르륵 나갔다. 그러나 수업에 집중하는 선생님은 하나도 없는 것 같았다. 다들 넋을 잃은 듯 책을 줄줄 읽는 둥 마는 둥 하고는 서둘러 교실을 나갔다. 심지어 홍마담은 자습을 시키고 수업에 들어오지 않았는데, 이런 날 아이들끼리 놔뒀다가는 싸울 확률도 높아지고 교실을 무단이탈하거나 사고가 생길 수도 있겠다고 생각한 현수가 얼른 담임에게 가서 말했다. 담임이 자기 수업 중에 두 번이나 들어와서 자습 잘하고 있으라며 당부하고 갔다. 하루 종일 학교 전체가 혼비백산한 것 같았다. 특히 1학년은 더더욱 남의 일이 될 수 없을 것이다.

용기 있는 아이들이 쉬는 시간마다 옆 반으로 염탐을 다녀와서 상황을 자세히 옮겨 주었다. 문제의 2반 아이들은 거의 패닉 상태였다. 여자애들 중에는 무섭다며 덜덜 떨다가 조퇴한 애도 있고, 미안하다며 계속 울기만 하는 아이도 있었다. 그 애를 위로하면서 함께 우느라 여자애들 두세 명이 서로 어깨를 감싸 안고 있었다. 남자애들 대부분은 너무 놀란 나머지 뻣뻣하게 굳은 채 거의 말을 하지 않았다. 2반 아이들 가운데 종환이와 같은 축구부에 속한 아이는 두 명이 더 있었다. 그 애들도 선생님과 상담한 뒤에 조퇴하고 없었다. 나머지는 다른 반에 뿔뿔이 흩어져 있었는데 누구누구인지 다 알지는 못했다. 축구를 할 때만 만난다 해도 거의 매일 축구를 한 데다, 한 교실 안에 셋이나 있어서 수시로 연우를 괴롭혀 댔으니 얼마나 심했는지 알 만한 애들은 다 알고 있었다.

두 시간쯤 지나자 경찰이 왔다는 소문이 돌았다. 유서가 나왔다는 소문도 들렸고, 다른 반의 축구 동아리 아이들이 지도실로 불려 갔다는 소문도 들려왔다. 아이들은 선생님 몰래 휴대 전화를 꺼내 포털 뉴스를 검색하기 시작했다. 그러나 아직은 포털에 올라오지 않았다고들 했다. 등잔 밑이 더 어두운 것 같다며 답답해하는 아이들도 있었다.

민규는 그때 종환이를 우산으로 패 줬어야 했다고 생각했다. 그 우산 끝이 종환이를 찔렀어야 하는데. 자기가 다쳐서 아파 봐야, 남들 앞에 무릎 꿇은 채 창피를 당해 봐야 하루도 빠짐없이 자기한테 당하는 애들 심정을 알 텐데. 비겁한 새끼.

왜 그리 연우에게 마음이 쓰였는지 알 것 같았다. 남의 일로 보이지 않았던 거다. 중학교 들어가 두어 달이 지나기 전에 근처 중학교 연합 일진에 찍혀 40여 명에게 얻어맞은 일이 떠올랐다. 민규는 초등학교·중학교 때 신도시에 살았었다. 신도시는 교육열이 너무 뜨거워 아이들이 초등학교 고학년이 되면서부터 너 나 할 것 없이 굉장히 예민해져 있었다. 엄마들은 수시로 담임에게 전화들을 해 댔다. 수행평가 준비는 어떤 식으로 해야 하느냐, 과제물의 양은 어느 정도 되어야 점수가 높으냐, 시험 문제가 왜 이러냐, 이 문제는 애매모호하니 맞는 것으로 해 달라 등등.
아이들은 가벼운 농담 한마디에도 그냥 넘어가지 않았고, 스쳐 지나가다 살짝 부딪치기만 해도 욕과 주먹이 날아왔다. 또 중학교를 어디로 들어가느냐 하는 것 때문에 스트레스를 받았다. 초등학교 6학년 아이들이 벌써 중학교에 따라 고등학교가 달라지고 고등학교에 따라 대학교가 달라진다는, 엄마에게서 들은 말들을 주고받았다. 초등학생들의 대화가 이랬었다.
그런데 민규는 살짝 부딪치기만 해도 신경질을 내고 싸움을 걸어오는 아이들이 이상했다. 집에서 공부에 대한 강요를 받지 않았기 때문에 이러다 나만 후진 중학교에 가게 되는 게 아닌가 싶어 불안해지기도 했다. 하지만 좋은 학교에 들어가기 위해서는 어떻게 해야 하는지 알지 못했다. 성적이 중간쯤 되는 아이들은 그저 공부 잘하는 아이들이 국제 중학교나 시험 봐서 들어가는 중학교에 간 다음에 남은 아이들끼리 추첨해서 인근 중학교에 배정받는데 그때 좋은 학교가 걸리기만 바랄 뿐이라는 얘기를 주고받았다.

다행히 민규는 비교적 좋은 중학교에 배정되었다. 초등학교 때의 친구들과 방과 후에 어울려 아파트 사이에 있는 공원에서 자전거도 타고 스케이트보드도 탔다. 막 사춘기에 접어든 아이들이라 얼굴이 울퉁불퉁해져 가는 시기였다. 눈두덩 뼈는 불쑥 튀어나오고 푹 들어간 눈빛은 사나워졌고 뺨은 푹 꺼졌으며 머리털은 삐죽삐죽 뻗쳤고 몸짓도 거친 '싸나이'의 포즈를 만들어 가던 때였다. 그래도 하나같이 체구가 작고 비리비리해서 뒷모습만 보면 아직도 초등학생 티를 벗지 못한 아이들이었다.

처음 시비는 선배들에게 인사하지 않았다는 것이었다. 선배에게 인사해야 하는 줄 몰랐던 민규와 친구들 몇 명은 아파트 뒤로 오라는 말에 끌려갔다. 가서 보니 어마어마한 수의 선배들이 둘러서서 기다리고 있었다. 40여 명이 날아 차기, 옆 차기, 걸어 차기로 돌아 가며 때리는 것을 반항도 하지 못하고 맞아야 했다. 거기서 반항하거나 권투를 배웠다는 티를 내면 더 맞을 것 같아서였다. 가만히 맞고 집에 들어왔다. 왜 이렇게 늦었냐는 엄마 물음에는 학교에서 청소하고 왔노라 둘러댔다. 그리고 자기 방에 들어와 엄마에게 말을 해야 하나 말아야 하나 고민하고 있는데, 선배들에게 문자가 오기 시작했다. 미워서 때린 거 아니다, 때려서 미안하다, 때리고 싶지 않았지만 어쩔 수 없었다. 너에게 관심이 있어 그런 거다, 화 풀어라 등등.

민규는 그런 문자들을 받고 나니 헷갈리기 시작했다. 이게 뭐지? 왜 때려 놓고 미안하다는 거지? 내가 아무 대답 없이 그냥 가만히 있으면 어떻게 되는 거지? 알 수가 없었다. 그렇지만, 그렇지만, 아까 날아 차기로 가슴을 맞고 쓰러졌을 때 숨을 쉴 수 없어서 이대로 죽을지도 모른다고 생각했던 공포감이 되살아났다. 아무리 숨을 쉬려 해도 쉬어지지 않았다. 그때, 눈을 부릅뜨고 필사적으로 숨을 들이쉬려 하는 바람에 눈이 터질 것 같았던 기억이 떠올랐다.

문자에 대한 답장을 뭐라고 해야 하나 망설이는데 중학교 들어가기 전에 엄마가 했던 말들이 떠올랐다. 아이들이 널 때리면 곧바로 엄마에게 말해라. 아이들이 담배를 권하면 절대 받지 마라. 네가 먼저 다른 아이를 때리지 마라. 놀리지도 마라. 하지만 너를 놀리거나 때리면 절대 가만있지 마라. 넌 세상에서 가장 소중한 존재다. 너와 마찬가지로 다른 아이들도 소중한 존재라는 것을 절대 잊지 마라. 중학교 들어가기 전부터 들어 온 말이지만 중학교에 들어가면 반드시 이런 일이 벌어질 거라며 엄마가 말했었다. 두 시간쯤 방에서 고민하다 엄마가 밥 먹으라고 불러서 나갔을 때 머뭇거리면서 말했다.

"엄마, 나 형들에게 맞았어."

"뭐라고? 왜? 어디 봐!"

그때까지 입고 있던 교복 셔츠를 걷어 올렸다. 엄마가 가슴팍과 교복 앞뒤를 돌려 보았다. 신발 자국이 선명하게 찍혀 있었고 가슴팍엔 여기저기 멍이 들어 있었다. 엄마는 곧바로 이웃 중학교의 지도부 선생님으로 있는 이모에게 전화했다. 이모가 빨리 학교에 전화하라면서 이모도 자기 학교 일진들을 소집하겠다고 했다. 학교에는 이미 명단이 다 있을 테니 누군지 몰라도 된다면서 빨리 조치를 취하라고 했다. 함께 맞은 친구 중에는 이모네 학교 학생도 있었고 이모는 신고를 받지 않았어도 가해자와 피해자 모두 불러서 조사하겠다고 했다. 엄마는 담임에게 전화를 걸어 내일 아침 학교로 갈 테니 사고를 저지른 학생들과 학부모를 다 소집하라고 했다. 그리고 병원으로 데려가 엑스레이를 찍고 진단서를 뗐다. 의사는 단호하게 말했다. 그 아이들은 동물이에요. 오직 동물적인 힘만으로 다른 아이들을 제압하려 하는 겁니다. 내 딸도 그렇게 당했는데요, 동물들에겐 더 힘센 동물이 있다는 걸 알려 줘야 합니다. 사람의 말로 하면 못 알아들어요.

저녁에 아빠가 오자 엄마는 민규에게 벌어진 일들을 이야기하고, 다음 날 함께 학교에 갔다.

민규는 아침에 담임과 지도부 선생님 앞에서 사실대로 이야기하고 기다렸다. 부모님이 학교에 왔을 때 상담실 앞에 일진들 10여 명이 무릎 꿇고 앉아 반성문을 쓰고 있었고 얼마 지나지 않아 그들의 부모님들이 학교에 왔다. 민규와 함께 맞은 아이들의 아빠와 엄마도 모였다.

그 사건에 관련된 아이들과 교감 선생님, 지도부 선생님 두 분, 담임 선생님이 모였다.

아빠가 나지막하고 조리 있게 그리고 묵직하게 폭력의 심각성을 말했다.

"어제, 아이들에게 절대 일어나선 안 될 일이 일어났습니다. 폭력은 어떤 형태라도 절대 용서할 수 없습니다. 날아 차기를 해서 가슴을 발로 찼고 순간적으로 꼼짝할 수 없었으며 아무리 애써도 숨을 쉴 수 없었다는 것은 심장 마비로 죽을 수도 있었다는 얘깁니다. 아직 어린 여러분이 사람을 죽일 수도 있었습니다. 우리는 이번 일을 그냥 넘어가선 안 된다고 생각합니다. 여러분은 여러분이 얼마나 큰일을 저질렀는지 알아야 합니다."

엄마는 흥분해서 울먹였지만 명색이 작가이니만큼 좀 더 강하게 밀어붙였다. 한 줄로 늘어선 일진들을 보며 너희들, 내 눈을 똑바로 봐, 라고 했다.

"너희들이 하는 일이 신입생을 끌어들이는 의식이었다는 걸 알아. 나는 절대로 우리 아들을 너희들이 일진으로 끌어가게 놔두지 않을 거야. 죽을 만큼 때리고 위로하는 거, 그거 사람 끌어들이는 수법이라는 거 알아. 너희들이 다 그런 식으로 후배를 끌어들여 세를 불렸다는 것도 알고 있어. 이렇게 폭력의 악순환이 반복되는 거야. 아마도 너희들 중엔 작년에 이렇게 맞은 애들이 있을 거야. 그렇지? 너희들 때문에 우리 아들이 잘못되었다면 나는 너희들을 감옥에 보낼 거야. 알았어? 절대 용서 안 해!"

엄마가 말을 끝맺기도 전에 일진의 어머니 중 하나가 크게 울면서 말하기 시작했다.

"작년에 우리 아들이 이렇게 맞고 왔어요. 똑같았어요. 그땐 몰랐죠. 그냥 잘못해서 맞은 줄 알았어요. 우리 때는 선배한테 인사하지 않으면 혼났기 때문에 그런 줄 알았죠. 저는 우리 아들이 일진이 된 줄도 몰랐고, 다른 아이들을 때리는 줄도 몰랐어요. 그러니까 친구들을 잘못 만나서 그런 거예요. 그렇다고 친구를 못 만나게 할 수도 없잖아요."

지도부 선생님이 말했다.

"요즘 누가 선배한테 인사를 해요. 선생님에게도 인사 안 하는 세상이에요. 어머니들이 자기 자녀에 대해 너무 모르고 있어요. 친구 잘못 만나 그렇게 되었다고 하지 마세요. 다 비슷한 아이들끼리 친구가 되는 겁니다. 그렇게 해서 끌려 들어가니까 폭력의 고리가 끊어지질 않는 거예요."

또 다른 어머니도 크게 울면서 한마디 했다.

"우리 아들이 이런 일을 저지른 건 다 제 탓이에요. 제가 제대로 돌보지 못했기 때문이에요. 제발 용서해 주세요."

그 어머니를 보고 선생님이 못마땅하다는 듯 말했다. 아마도 그 아들이 일진짱인 것 같았다.

"어머님, 병규하고 민영이 때문에 문제가 끊이질 않아요. 제가 몇 번이나 말씀드렸잖아요. 애들한테 한두 명이 당한 게 아니에요. 저희가 어떻게 해야 할까요. 제발 아들 단속 좀 해 주세요. 요즘 학교에선 아이들을 때리지 못해요. 한 대라도 때렸다간 곧바로 창문에서 뛰어내리기 때문에 말로밖에는 못해요. 그래서 저희들도 고충이 큽니다."

엄마가 마지막으로 아이들을 하나씩 보면서 단호하게 말했다.

"너희들, 앞으로 우리 아들 얼굴 절대 쳐다보지도 마. 잘해 주지도 마. 너희들이 잘해 주는 것 바라지 않아. 앞으로 우리 아들에게 또 한 번 손을 대면 절대 용서하지 않을 거야. 너희들은 서로 맞고 때리는 일에 익숙하겠지. 하지만 다른 아이들을 때려서는 안 돼."

학부모들이 용서해 달라고 매달리는 가운데 아이들에 대한 처벌은 교칙에 따르겠다는 말을 듣고, 엄마와 아빠, 맞은 애들과 부모들은 상담실을 나왔다.

교감 선생님이 따라 나와 말했다.

"민규 눈빛을 보니까 예사롭지 않아요. 눈빛이 굉장히 날카로운 데다 애들 몇 명이 몰려다니니까 일진들 눈에 띈 거예요. 민규를 끌어가면 자연스레 몇 명이 확보되잖아요. 어머님도 민규가 애들과 몰려다니지 않도록 해 주세요. 지금부터는 세 명 이상 몰려다니면 안 돼요. 잘못하면 민규도 패싸움에 말려들 수 있어요."

"애들이 어떤 식으로 일진에게 맞고 일진이 되어 가는지 학교에선 잘 아시잖아요. 그걸 학기 초에 아이들에게 좀 가르쳐 주실 수는 없나요? 엄마들 중에는 모르는 사람들이 많아요."

"왜 안 하겠습니까. 조회 시간마다 얘길 하지만 아이들이 제대로 듣질 않아요. 자기 일이 아니라고 생각하거나, 자기가 당해도 절대 말하지 않아요. 선생님은 멀고 친구는 가까우니까요. 그리고 약한 아이들은 일진에 들어가면 그 애들의 보호를 받기 때문에 스스로 그 길을 택하는 경우도 있어요. 요즘은 일진들만 왕따를 시키는 게 아니에요. 교실 안에서도 아이들이 수시로 왕따를 시켰다가 왕따가 되었다가 그래요. 그런데 일진에 들어가면 다른 아이들이 건드리지 않으니까, 차라리 그게 편하다고 생각하는 애들이 있어요."

집으로 돌아온 엄마는 학부모들을 보니까 신도시의 특성이 강한 것 같다고 했다. 다들 교육 수준이 높아 보이는데도 사춘기에 들어선 아이들에게 가정에서 교육시켜야 할 게 있음을 모르고 있다는 것이었다. 몰라서 그러는 것인지, 알면서도 자기 아이가 남의 아이를 어떤 식으로든 제압하는 것을 당연하다고 여기는지 모르겠다는 것이었다. 강남에 진입하지 못한 사람들이 사는 분당, 분당에 살지 못하는 사람들이 분당에 진입하기를 원하며 사는 곳이 그 아래의 신도시라고 했다. 그러니 아이들을 강남으로 진입시켜야 한다는 강박 관념에 시달린 나머지 친구 관계에는 관심도 없고 오직 공부에만 관심을 기울이는 게 아닌가 하며 고개를 갸웃거렸다.

"근데 말이야, 엄마 어릴 때를 가만히 돌아보면 초등학교 1학년 때에도 이미 반에서 패가 나뉘어 있었고 자기 패에 들어오라는 아이들이 있었어. 다른 패하고는 말도 나누지 못하게 했지. 엄마는 초등학교

1학년 때도 그걸 거부했어. 편파적인 게 싫었거든. 다 비슷한 친구들인데 말야. 근데 다 커서도 그런 일이 있어. 직장 다닐 때도 말이지, 선배나 상사가 자기 싫어하는 사람과는 친하게 지내지 못하게 했어. 엄마는 그런 게 너무 유치하고 비열해서 당당하게 거부했지만 말야. 지금도 마찬가지야. 사람들은 언제나 자기가 좋아하는 사람과 싫어하는 사람을 나눠. 그러면서 자기 세를 불리려고 해. 나는 그런 걸 노골적으로 드러내는 사람을 싫어하기 때문에 거부하고 있지. 그러니까 너도 당당하게 언제나 네 가치관에 따라 행동해. 그러면 아무도 건드리지 못할 거야. 그리고 너도 절대 그런 사람이 되지 마. 네가 어떤 사람이 싫다고 해서 다른 사람까지 그 사람을 싫어해야 할 이유는 없으니까."

이런 과정을 통해 민규는 아이들 사이의 기세 다툼을 볼 수 있었다. 왜 어떤 아이들은 다른 아이들을 잔인하게 때리고 자기 말을 듣게 만들려 하는 걸까. 왜 한 사람을 죽도록 괴롭히는지. 왜 눈앞에서 사람을 무릎 꿇리는 쾌감에 빠져드는지. 왜 같은 또래끼리 동등하게 의견을 주고받으며 설득하지 않고 무조건 무릎부터 꿇리려는 걸까. 누구나 힘을 과시하고 싶겠지만 그것을 잘 조절해서 나중에 사회적인 힘을 갖고 그것으로 다른 사람을 지배하는 쪽을 택하는 사람과, 지금 당장 주먹의 힘으로 개처럼 부릴 수 있는 아이들을 거느리고 싶어 하는 사람 중에 누가 더 현명한 걸까.

아이들은 자기 일이 아닌 이상 무슨 일이든 빨리 잊어버렸다. 어느 교실이든, 어느 학교든 아이들 사이에서 이간질하거나 왕따 시키는 일은 수시로 벌어졌다. 크고 작은 그룹들이 있기 마련인데 소그룹은 멤버들이 금세 바뀌었다. 어떤 아이가 왕따로 찍혀 괴롭힘을 당하다가 사라지면 금세 또 다른 왕따가 생겼다. 아이들은 마음이 맞았다가도 금세 틀어졌고, 그 과정에서 지배욕 강한 아이들은 자기가 싫어하는 타입의 아이를 만들어 내곤 했다. 언제나 사소하게 다툼이 벌어지기 때문에 누가 왕따인지 관심 많은 아이도 있었고, 관심 없는 아이도 있었다. 설사 누군가 부당하게 당하고 있어도 다들 자기 앞가림하기에 바빴다.

육체적으로 강한 놈은 오직 약한 놈을 사냥하려 할 뿐이다. 2반 연우가 괴롭힘을 당한 것은 조금만 관심 있게 지켜본 아이들이라면 다 알 것이다. 아이들이 오가는 운동장 골대 앞에서도 그랬는데, 방과 후에는 얼마나 더 심했을지. 종환이는 끊임없이 연우의 자존심을 짓밟고 치욕감을 안겨 준 것이다. 연우는 하루하루 간신히 넘겨 오다가 더 이상 버틸 수 없어서 자신의 절박한 상황을 알리려고 극단적인 선택을 한 것이다. 그렇게 한 사람을 끊임없이 짓밟는 것은 보통 사람이 할 수 있는 일이 아니다. 종환이는 가학적인 성향이 충만한 일종의 사이코라고밖에 생각되지 않았다. 사람의 입장에서 누군가를 똑같은 사람으로 바라본다면 도저히 그렇게 괴롭힐 수는 없었다.

주말 동안 주요 포털의 뉴스난은 연우의 죽음으로 도배되어 있었다. 아이들은 불안해하며 집에 혼자 있지 않고 학원이나 독서실에 간다는 핑계를 대고 서너 명씩 분식집에 모여 스마트 폰으로 뉴스를 검색하며 불안감을 덜어 내려고 했다.

연우는 유서를 남겼다. 종환이에게 불려 나갈 때마다 맞는 게 두려워 죽을 것 같다면서 차라리 스스로 죽겠다는 말을 다른 사람들과 카카오톡으로 주고받은 것이 공개되었다.

–오늘 저녁에 나오라고 한다. 또 때리겠지. 더 이상은 맞을 수 없어 죽으려고 한다. 제발 내 억울함을 풀어 주세요.

옷을 뺏어 가고, 친구들의 가방을 들고 가라며 때리고, 병신 같다고 때리고, 말을 안 듣는다고 때리고, 걸핏하면 축구공으로 머리를 맞히면서 공 하나 받지 못한다고 놀렸다. 어쩌다 늦게 도착한 아이가 서너 명 있어도 연우만 때렸다. 마음만 먹으면 수도 없이 이유를 만들 수 있을 것이다. 포털 사이트 뉴스에 연우가 아파트 꼭대기에 올라가기 위해 엘리베이터를 탔던 CCTV 장면이 올라와 있었다. 엘리베이터 안에서 주저앉는 모습, 그리고 다시 기운을 내서 마지막 층으로 나가는 모습이 그대로 보였다. 작고 가녀린 어깨가 들썩였다. 모여 있던 아이들이 그 장면을 차마 보지 못하고 고개를 돌렸다. 손으로 눈을 가렸다. 눈들이 벌게졌다. 사진 아래 댓글들이 수백 개씩 달렸다. 그 사진을 본 어른들이 모두 눈물을 쏟고 있다고 했다.

얼마 전에는 그보다 심하게 친구들이 괴롭혀서 죽은 애도 있었다. 친구라는 놈들이 한 친구에게 오물을 먹이고, 물속에 얼굴을 처넣어 숨도 못 쉬게 만들고, 친구들 다리 밑으로 기어 다니게 했다. 도저히 학생들이 할 수 있는 행동이라고 생각할 수 없는 짓을 저질렀다. 초등학교와 중학교를 함께 다닌 아이들 사이에서 이런 일이 벌어지다니. 사람은 얼마나 잔인해질 수 있을까. 그러면서 장난이라고 말할 수 있으려면 얼마나 뻔뻔스러워야 하는 걸까.

'마피아 오퍼'라는 게 있다. 결코 거절할 수 없는 제안을 하는 것이다. 그 제안은 서로에게 이익이 되는 게 아니라 한쪽에 치명적인 상처를 입히지만 선택하지 않을 수 없는 경우에 하는 것이다. 아이들은 한번 소외를 당하면 더욱더 그 관계에 집착하여 자존심을 굽히고 들어오게 되는데 그 약점을 잡고 뒤흔드는 것이다. 그러니까 친구가 절실히 필요한 아이에게 친구라는 이름으로, 친구가 되어 주겠다는 제안으로 결코 해서는 안 될 짓을 하는 것이다. 그 제안을 받아들이는 쪽은 그들을 떠나 홀로되는 상황이 너무 두려워 더러운 관계를 유지하게 되고, 그 관계를 끊는 결단은 죽음밖에는 달리 없다고 생각하게 되는 것이다.

비열한 마피아 놈들. 목숨을 쥐고서 더러운 짓을 강요하는 놈들. 친구인 양하고 있지만 결코 친구도 동료도 아닌, 단지 등쳐 먹을 뿐인 관계.

아이들이 스마트 폰으로 뉴스를 검색하고 있는데 현수가 가방에서 뭔가를 주섬주섬 꺼내 떡볶이 위로 건네주었다. 죽음으로 내몰리는 아이들에 대한 심각성을 일깨우는 글을 프린트해 온 것이다.

10대의 자살은 조작적 자살 10대의 자살은 죽음 자체가 목적이 아니라 상황을 바꾸려는 의도로 시작된다. 절박한 상황에 처해 있음을 대외적으로 알리려는 것이다. 그래서 청소년의 자살에는 대부분 Dying message가 있다. 다잉 메시지란 사람이 죽기 전에 범인을 암시하는 무언가를 남기는 행위인데, 아이들은 자살 그 자체가 다잉 메시지가 된다. 스스로 목숨을 끊었으나 죽음에 이르게 한 범인은 따로 있다는 점을 여기저기 남기는 것이다.

청소년 자살의 이유는 복합적이지만 가장 큰 원인은 경쟁 교육으로 보인다.

청소년 자살의 사회 경제적 배경 단순히 성적을 비관하고 부모에게 야단맞아서가 아니다. 부모에게 쏟아지는 사회 경제적 압박이 심해지면서 그 스트레스가 아이들에게 전달되는 측면이 있다. 부모들은 경쟁에 시달릴수록 그 위기감을 아이들에게 그대로 전달한다. 아이들은 스스로 공부하고 싶어서 하는 게 아니라 부모의 위기감에 쫓겨 불안감이 증폭된 상태에서 경쟁에 내몰리게 되는 것이다.

자살한 중고생들 가운데 초등학교 시절이 행복했던 경우는 별로 없다. 사회 경제적 안정을 이룬 부모가 아이들이 충분히 성장할 때까지 관심을 가져야 하는데 이런 환경과 여유를 누릴 수 있는 가정이 점점 줄어드는 것이다. 가족의 울타리 밖에서 아이들은 또래와의 관계에 더욱더 몰입할 수밖에 없는데, 가정에서 형성되지 못한 자존감과 가치관이 일찍부터 시작된 경쟁 교육에 의해 또래 문화를 크게 바꾸고, 이것이 다시 아동 청소년의 자살에 영향을 끼치고 있다. 아이들 사이에 지위 경쟁이 심해진 데다 아이들은 인간적 관계를 맺는 데도 서투르기 때문이다. 그 과정에서 아이들끼리 서로 상처를 주고받는 일이 반복되고 있다. 특정 유형의 아이가 아니라 모든 아이들이 잠재적으로 '자기 파괴'를 부추기는 상황에 노출되어 있는 것이다.

아이들은 현수가 건네주는 종이를 쓱 훑어보곤 더 이상 읽지 않으려 했다. 그런 사실을 알아봤자 현실에 도움이 안 되기 때문이었다. 주몽이 말했다.

"왕따 당할 때의 매뉴얼을 가르쳐 줘야지. 이런 게 뭐 필요하냐. 학교는 뭐하냐. 그런 것도 하나 안 가르쳐 주고."

"그러게 말야. 왕따 시킨 놈을 처벌하는 규칙이나 만들라고 해. 처벌도 거의 안 하잖아."

"그래도 왜 자꾸 이런 일이 벌어지는지는 알고 있어야 해."

"다른 사람이라도 신고할 수 있게 하든가. 자기가 당한 일은 말 못하잖아."

"당하고 있어도 남자로서는 절대 말 못하지. 너 같으면 엄마에게 말하겠냐? 괜히 걱정만 하지 엄마가 뭘 할 수 있냐? 매일 학교에 같이 와 줄 수가 있냐. 괜히 학교 와서 난리 쳐 봤자 벌집만 건드려 놓는 거지. 선생님도 마찬가지야. 선생님들이 어떻게 매일 붙어 있을 수 있냐. 괴롭히는 놈은 매일 보는데."

"이런 건 실효성이 전혀 없잖아. 현수, 너는 이론적으로만 알고 있는 거야."

"그래도 왜 이러는지는 알고 있어야 되는 거야."

"아이고, 그러셔. 많이 알고 계셔."

이 정도 얘기를 나눌 수 있는 건 그나마 현수나 민규가 인권 이론을 제법 공부했고, 평소 서열 다툼에 대한 생각을 조금 하는 편이기 때문이다. 대부분의 남자아이들은 이런 일에 대해서는 구체적으로 말을 안 하려고 한다. 그저 뉴스나 뒤져 보고 이거 나왔다, 이 얘기도 있네, 사실인가 봐, 그거 몰랐냐? 걔가 계속 발로 조인트 까고 맨날 손으로 뒤통수 깠잖아. 이런 얘기뿐이다. 남자들이란, 해결할 수 없다고 생각되면 그저 입을 다무는 게 상책이라고 생각한다.

여자아이들은 감정적으로 대응해 자기들끼리 싸우는 경우가 많다. 옆자리에선 여자애들이 서로 다투고 있었다.

"따를 당하게 했잖아, 걔가!"

"그래도 너무 심하게 괴롭혔잖아!"

"바보 같으니까 그런 거 아냐!"

"걔 정말 재수 없어, 찐따야."

"그래도 너무 불쌍해, 엉엉!"

"너도 병신같이 굴지 마!"

결국 마음 약한 아이는 바보가 되고 만다. 괴롭힘을 당하다 보면 더욱더 눈치를 보고 소심해져서 진짜 바보가 되어 간다. 자기 자신을 부끄러워하기 때문에 친구에게 손을 내밀 줄 모른다. 하지만, 하지만 말이다, 그 아이가 누군가에게 피해를 입힌 걸까? 그것도 아닌데 왜 저렇게 전염병에 걸린 것처럼 진저리를 치는 걸까.

게다가 친한 친구는 한둘만 있으면 되는 거 아닌가? 왜 이렇게 무리 짓듯 똘똘 뭉쳐야 하는 건지, 마치 적지에 나간 정찰병처럼 신경이 바짝 곤두서 있는지, 왜 그러지 않으면 금방이라도 적에게 포위될 것처럼 불안해하는지…….

민규는 문득 미국에 간 동현이에게 들은 이야기가 생각났다.

"내 친구가 미국에 가 있는데, 이런 일이 선생님 눈에 띄면 바로 소집이래. 폭력 쓴 아이를 가르친 모든 학과 선생님들과 상담 선생님이 모인 자리에 학생 불러 놓고 아주 자세히 물어본대. 그다음엔 바로 상담 계획 잡고 치료 계획을 잡는대. 그게 무척 엄격하대. 그래서 피해를 당하거나 가해한 사실이 학교에 다 알려지게 되니까 굉장히 부끄러워한대. 만약 조금이라도 심한 폭행이 벌어지면 곧바로 경찰이 출동한대. 학교로 경찰이 와서 수갑 채워 간다는 거야. 미국 경찰, 엄청 위엄 있잖아. 애들이 완전 쫄아 버리는 거지."

현수도 맞아, 맞아, 하며 맞장구쳤다.

"미국에선 학생이라도 조금만 경찰에 반항하면 바로 총 쏜대. 울 사촌 형이 하마터면 죽을 뻔했다더라. 사촌 형이 미국서 고등학교 다니고 있거든. 근데 형이 공부하기 싫다고, 한국으로 돌아간다고 해서 이모가 미국까지 가서 형이랑 싸웠대. 형이 집을 뛰쳐나갔는데 그 동네가 다 산이었대. 근데 형이 밤새도록 안 들어오는 거야. 이모가 찾다가 산이 너무 커서 다 뒤질 수가 없으니까, 경찰에 신고했다는 거야. 경찰이 산을 뒤지다 형을 발견하고 형에게 손을 들고 오라니까 형이 도망치려 한 거야. 그냥 엄마하고 싸운 것뿐이잖아. 우리나라에선 그런 일 흔하잖아. 형도 그냥 가기 싫어서 반항한 건데, 경찰이 바로 총을 꺼내 들고 도망치면 쏜다고 한 거야. 게다가 아시아인이잖아, 백인도 아니고. 미국 경찰은 백인이 아닌 인종은 일단 위험인물로 간주한대. 이모 앞에서 형이 총 맞아 죽을 뻔한 거지. 이모가 너무 놀라서 경찰에게 아니라고 아무리 사정해도 경찰은 완전 갱을 만난 것처럼 당장 무기를 버리고 손들고 엎드리라고 하더래."

"오, 마이 갓!"

"이모가 우리 엄마에게 미국에선 아들하고도 싸우면 안 된다며 엉엉 울더라. 이모는 아들과 어느 정도로 문제가 있는지 상담 받고 경찰에 불려 다니고, 완전 식겁했대."

"아이고, 쉣! 미국은 살 데가 못 되는구나. 울 엄마 같으면 나 당장 데리고 들어올 텐데. 공부하기 싫어하는 놈 억지로 시키면 뭐하냐고, 아빠 공장 가서 양말 두 짝씩 붙이라고 할 거야."

"그런 걸 보면 울나라가 좋은 거야."

"너무 좋아서 친구를 괴롭히는 건가. 친구를 죽도록 괴롭혀도 아무 벌 안 받으니까."

그 말에 다들 입을 다물었다. 현수는 프린트물을 접어 가방 속에 넣었다. 현수처럼 인권 운동 하는 아이들이 더, 더, 더 많아지면 학교가 바뀔까? 이런 일이 생기면 학생 회의를 열어 서로 의견도 교환하고 대안도 세우고 그래야 하는 거 아닐까? 하지만 그걸 하겠다고 나서면 학교에서 허락해 줄까?

떡볶이는 너무 짰다. 너무 짜서 자꾸 김말이랑 달걀을 넣었다. 고구마튀김도 넣어 달라고 주몽이 소리를 높였다.

아이들이 밖에 있으니 엄마들이 계속 전화를 해 댔다. 어쩌면 그렇게 엄마들은 똑같은 마음인지, 친구들이랑 모여 있다고 하자 네 명의 엄마 모두 친구들 데리고 집으로 들어와서 놀라고 했다. 누구네 집으로 가야 할지 결정할 수도 없고, 엄마들은 걱정돼 죽겠는지 계속 전화를 해 대서 튀김 넣은 떡볶이를 박박 긁어 먹고 어묵 국물까지 말끔히 비운 뒤 슬슬 눈치를 보기 시작했다. 여자애들은 벌써 기분이 상했는지 자리를 박차고 뛰어나갔다. 그걸 눈으로 좇던 애들이 하나둘 슬며시 엉덩이를 일으키고는 고개를 숙인 채 각자의 집 쪽으로 걸음을 옮겼다. 잘 가, 잘 가. 말없이 손만 들었다. 돌아서는 아이들의 마음속에서 누군가 묻는 말이 들려왔다. 뉴스 말미에 꼭 붙이듯이, 우리 모두 공범인 걸까? 하는.

현관 비밀번호 누르는 소리가 들리기만 기다리고 있었는지 엄마가 방에서 뛰어나왔다.

"왔니? 괜찮니?"

"뭐가."

"애들은 뭐라던?"

"애들이 무슨 말을 해. 애들은 아무 말도 안 해."

민규는 방으로 들어가려 했다. 뭔가 얘기를 꺼내고 싶어 하는 엄마가 부담스러웠다. 이럴 땐 아이들도 혼자 있고 싶은 거라고 말해 주고 싶었다.

엄마는 이런 일이 있을 때야말로 자식과 대화를 나눌 좋은 기회라고 생각한다. 하지만 정작 아이들은 충격이 너무 커서 아무 생각도 할 수 없고, 더구나 엄마한테는 화를 낼 수도 없기 때문에 되도록 감정이 가라앉기를 바라며 혼자 있고 싶어 한다.

그리고 또 하나 이유가 있다. 이상한 일이지만 학교에서 벌어진 일에 대해서는 무조건 감싸고 싶은 마음이 생기는 거다. 분명 나쁜 일이 벌어졌고, 사건을 주동한 녀석도 있고, 그 녀석이 정말 나쁘다고 생각하면서도, 스스로도 이해할 수 없지만, 엄마에게 사실대로 말하고 싶지 않은 거다. 종환이나 연우를 잘 알지 못하는 사람들이 무턱대고 오해할 것만 같아서. 그렇다고 자기가 알고 있는 것을 설명할 자신도 없어서.

하지만 엄마는 요 며칠 민규를 볼 시간이 없었는데 이런 사건이 터지자 민규와 대화를 나누기로 작정한 것 같았다. 식탁 앞에 마주 앉아 진실의 문아, 열려라! 하는 얼굴로 민규를 뚫어져라 바라보고 있었다.

"너, 요즘 무슨 일 있는 거 아냐? 얼굴이 완전 반쪽이 됐잖아."

"작업 때문에 잠을 잘 못 자서 그래."

"다른 일은 없는 거지?"

"무슨 일이 있다고 그래."

"너, 선생님도 걱정하시고, 엄마도 걱정돼 죽겠어."

"아, 무슨 걱정. 나는 내 몸 알아서 무진장 걱정하니까 엄마는 걱정 붙들어 매셔."

"엄마 생각에는, 요즘 아이들이 스스로 목숨을 끊는 것은 아이들이 나약해서 그런 게 아니야. 요즘 아이들은 스스로에 대한 인권 의식이 높아진 거야. 예전에 있지, 너 나 할 것 없이 아이들에겐 어떤 인권도 있다고 생각하지 않았을 때에는 굴욕을 겪어도 당연한 일로 받아들이는 면이 있었어. 다들 엄마에게 빗자루로 맞고 아빠에게 발길질 당하고, 집에서 쫓겨나 동네를 어슬렁거리고, 학교에선 대걸레 자루로 맞고 그랬지. 지금의 저개발 국가처럼."

민규는 맛도 못 느끼면서 돈가스를 입안에 밀어 넣었다. 좀 전에 떡볶이 먹고 왔다는데도, 엄마는 넌 떡볶이 안 좋아하잖아, 별로 안 먹었을 텐데 저녁은 먹어야지, 했다. 오늘은 오랜만에 아르바이트 쉬는 날인데 어서 빨리 침대에 눕고 싶었다. 하지만 엄마는 쉽게 끝낼 생각이 아닌 것 같았다.

"아이들은 자기 아버지도 동네에서 힘쓰지 못하는 사람이라서 다른 아이의 아버지에게 굽실거리는 걸 보고 크는 경우가 많았지. 자기 아버지의 지위가 낮다는 걸 아는 아이들은 자기 역시 그 정도라는 걸 알고 있었던 거야. 자기 또래 대부분이 집 안에서나 밖에서나 대접받지 못했기 때문에 크게 차이를 느끼지도 못했어. 그런데 지금은 자기 아버지가 어떤 사람인지, 사회적으로 어떤 대접을 받는지 피부로 느끼는 경우가 적어. 물론 아버지가 사회적으로 높은지 낮은지는 알고 있지만 적나라한 상황을 자주 접하지는 못하지. 그리고 아버지가 사회적으로, 가정적으로 위치가 낮을 때는 막연하게 아버지가 나를 도와줄 수 없을 거라고 생각하는 경우가 많다더라. 근데 요즘엔 아이들이 집안에서 대접을 받고 자라잖아. 부모가 바빠서 살뜰하게 보살펴 주지는 않아도 예전만큼은 아니지."

민규는 표 나지 않게 고개를 끄덕였다. 그래, 아버지가 나를 지켜 주지 못하니까 나 스스로 지켜야 해.

"그래서 스스로 생각하는 자기 가치는 높은데 친구들과의 관계에선 자신의 가치가 낮다는 걸 알게 되고, 그 괴리가 죽음보다 싫은 굴욕감을 안겨 주는 거야. 자기가 이렇게 짓밟히고 있다는 것, 나는 그렇게 짓밟히느니 스스로 죽겠다는 자존감이 있다는 것을 죽음으로써 표현하는 거지. 이런 경우에는 대부분 추락사를 택해. 충격적인 죽음의 현장으로 자기 자존심이 박살 난 것을 표현하는 거야. 추락사를 택하는 것과 은밀하게 집 안에서 목을 매는 건 그 의미가 달라. 부모의 학대나, 부모가 없어서 전혀 보호받지 못하는 경우에는 오히려 자살이 줄고 범죄율이 높아지지."

"다 끝났어? 엄마의 해석에도 현실적인 대안은 없네."

엄마가 눈을 커다랗게 떴다. 민규는 숟가락을 내려놓았다.

"우리에겐 인간관계 매뉴얼이 필요해."

엄마의 눈이 더 커졌다.

"너도 필요한 거니?"

"아니, 나 말고 약한 애들, 혼자인 애들, 친구를 만들 줄 모르는 애들. 굉장히 많아."

"그래, 그걸 어쩜 좋니."

"걔네들은 친구와 어떻게 얘기를 나누는지도 몰라. 친구들이 자기를 싫어할까 봐 눈치만 봐. 싫어하거나 말거나 냅두면 되는데 그렇게도 못해."

"세상에는 자기를 좋아하는 사람도 있고 싫어하는 사람도 있고, 자기 가치를 몰라주는 사람도 있고, 아는 사람도 있는 건데. 남의 눈에 어떻게 비칠까만 생각하니까 그래."

"학교 폭력, 가정 폭력 하면서 무슨 무슨 폭력으로 나누는 게 이상해. 폭력은 무조건 폭력이지, 폭력은 폭력으로 다스릴 게 아니라 법으로 다스려야지. 그걸 분명히 가르쳐야 하는데, 왜 그걸 안 하는지 모르겠어."

눈꺼풀이 천근만근 짓눌렀다. 민규가 간신히 치켜뜨고 엄마를 바라보자 엄마가 사과를 한 쪽 내밀었다. 엄마 이마에 그늘이 부쩍 내려와 있었다. 우적, 한 입 베어 물고 잘게, 하면서 일어났다.

방에 들어온 민규는 침대에 널브러졌다. 침대에 누우니 더없이 무거운 피로가 몰려왔다. 엄마에게 시달린 것도 아닌데 무척 시달린 느낌이었다. 엄마는 옳은 말을 하고 있지만, 그냥 이런 때는 아무 말 없이 따뜻하게 맞아 주고 조용히 자게 해 주는 게 더 좋을 텐데. 마치내가 실컷 두들겨 맞고 온 거 같으니까. 그래도 이렇게 관심 가져 주는 엄마가 있어 다행이겠지. 내 학교생활과 친구 관계를 무조건 받아주는 엄마가 있어서 큰일이 생기면 상의할 수 있는 거겠지. 내 친구들에 대해 맨날 그런 애랑 어울리지 말고 공부 잘하는 아이들과 친구가 되라고 하면 더더욱 친구 사이의 일을 말 못하겠지.

잘 아는 친구가 죽은 것도 아닌데 뭔가 굉장히 큰 상처가 될 것 같았다. 친구가 필요한 아이에게 친구라는 이름으로 자존심과 죽음을 놓고 흥정한 녀석들. 그 아이들에게서 도망치면 아무도 친구가 되어주지 않을까 봐, 어쩔 수 없이 남아 있어야 했던 날들.

결국 그렇게 괴롭히는 사람은 친구가 될 수 없고, 자신을 친구로 생각하지도 않았으며 자신은 단순히 먹잇감에 불과했다는 사실을 깨달은 아이는 그동안의 수모와 치욕을 갚기 위해 목숨을 내놓고 만다.

연우에게 그토록 괴로움을 안겨 준 아이들은, 꼭 연우였어야 하는걸까? 연우가 아니어도 자기 안의 지옥을 퍼부을 아이가 필요했던 게지. 그렇다면 연우가 없는 축구반의 다른 누군가가 그 자리를 대신했을 수도 있다. 다른 아이들은 자기가 그렇게 될까 두려워 연우가 그자리에서 그 모든 지옥을 감당하기를 바랐을 거다. 그 아이들은 오늘 밤 연우를 위해 진심으로 울어 줄까? 자기들의 이해할 수 없는 욕구 불만을 한동안 좀 더 받아 주지 않고 덜컥 죽어 버린 연우를 탓하며 재수 없었을 뿐이라고 생각할까. 마피아들의 검은 세계에서는 검은 관계만 있을 뿐, 오직 나를 위해 네가 존재해야 하는, 내 제안을 받아들이지 못할 너라면 죽어도 상관없는 그런 존재일 테니까.

마피아 오퍼. 내게 마피아 오퍼는 뭘까? 거절할 수 없는 제안. 아님 내가 누군가에게 그런 제안을 한다면 그게 뭘까.

어쩌면 어른이 되어 갖는 일자리가 마피아 오퍼는 아닐까. 그것에 다들 목숨 걸 테니까. 선생님들 역시 마피아 오퍼 앞에서 어쩔 수 없이 아무 일 아니라고, 소심하고 예민했던 아이가 친구들과 잘 어울리지 못해서 저지른 일이라고 하는 게 아닐까. 아니면 이제 우리에겐 어떤 힘도 없으니 책임을 묻지 말라고, 우리는 그저 공부만 가르칠 뿐 할 수 있는 일이 아무것도 없다고, 제발 내 밥줄을 끊지 말아 달라고 하는 건가.

내게 마피아 오퍼는 무엇일까? 그게 무엇이든 음악은 나를 마피아 오퍼에서 벗어나게 해 줄 것이다. 어쩌면 내 음악을 듣는 누군가에게도 마피아 오퍼에서 벗어나게 해 줄지 모른다. 더없이 무거운 가슴으로 벌써부터 희미해지는 연우의 얼굴과 연우를 위해 울어 줄 노래가 민규의 가슴속을 헤집고 들어왔다. 그 모두를 끌어안기에는 아직 너무 작은 가슴이 숨 가쁘게 헐떡이다 잠으로 빠져들었다. 민규는 오늘 하룻밤이라도 연우를 기억하며 울어 주는 친구가 있기를 진심으로 바랐다.

하나의 문이 닫히면 다른 문이 열린다

　점심시간이 되자마자 이전보다 더 많은 아이들이 학교 밖으로 뛰어 나와 도시락을 사 먹었다. 괜히 그러는 건지 요즘 학교 급식이 너무 맛이 없다고 불평들을 해 댔다. 미트볼은 삼분요리 냄새가 나고, 미역국에선 찌든 기름 냄새가 난다고 했다.

　"진짜 오뚜기 삼분요리 데워 주는 거 아냐?"

　"찜질방 미역국이 훨씬 맛있어."

　"밥도 너무 푸슬푸슬해. 다 흩어져 버리잖아."

　학교 앞 도로변 김밥집에서 주먹밥을 사 먹는 아이들도 있었다. 아침 일찍 등교하면서 밥을 안 먹고 나온 아이들과 출근길 회사원들이 밥집 앞에서 길게 줄을 만들곤 했다. 참치를 마요네즈에 버무리고 깨소금을 듬뿍 넣어 뭉친 주먹밥인데 크기가 제법 커서 두 개만 먹어도 한 끼 밥이 충분히 됐다. 아침에 주먹밥을 먹지 않은 아이들은 그걸

먹으러 나오고, 아침에 주먹밥을 먹은 아이들은 도시락 가게에서 도
시락을 사 먹었다. 때문에 학교 앞 분식점과 도시락 가게 앞은 몹시
붐볐다. 급식을 신청하지 않는 아이들이 늘어났다. 그 바람에 담임들
은 부모의 허락을 받고도 급식을 신청하지 않았는지를 확인하느라 일
일이 전화해야 했다.

　겉보기에 아이들은 벌써 연우의 죽음을 잊어버린 것처럼 입에 올
리는 일이 없었다. 마치 아무 말도 하지 않기로 결사를 맺은 듯한 분
위기마저 감돌았다. 하지만 다들 몰래몰래 뉴스를 검색하고, 쉬는 시
간마다 2반 복도를 지나가며 창문 너머로 슬쩍 고개를 빼서 축구부
아이들의 빈자리를 확인했다. 그리고 혼자 속으로만 생각했다. 어른
들이 뭔가 분명히 말해 줘야 한다고. 너희들은 아무 잘못이 없다고
말해 주기를 바라는 마음과, 이건 명백히 죄를 지은 것이므로 당연한
대가를 치러야 한다며 학교를 확 바꿔 놓기를 바라는 마음이 서로
충돌했다.

　사건은 법정으로 넘어가고 교감실에 당사자들의 학부모들이 왔다
가는 것 같았지만 아이들은 소문의 끝자락만 조용조용 이어 갈 뿐이
었다. 네티즌들은 이번에는 냄비처럼 금방 식지 않을 거라면서 엄격
한 법 집행을 요구하는 서명을 받는다, 미성년자 폭력에 관한 법 개
정을 촉구한다면서 연일 포털 사이트를 들었다 났다 했다.

　뉴스에서는 해당 학생들에게 등교 정지 처분을 내리고 주동자에
대해 등교 정지와 함께 전학을 권고했다고 했다. 하지만 학교의 처분

은 뉴스를 통해 알게 된 것이었다. 학교 측에서는 아직 학생들에 대한 처벌을 공지해야 할지 말아야 할지 선생님들 사이에도 의견이 엇갈리는 듯했다. 처벌을 공지함으로써 다른 아이들에게 알리고 앞으로 같은 사건이 벌어지지 않도록 예방적인 효과를 얻어야 한다는 의견과, 학생 개인의 생활을 모두에게 공개하면 안 된다는 의견이 대립하는 것 같았다.

근처의 몇몇 학교에서 학교 폭력 실태를 담은 동영상이 나오고 각 학급마다 학생 회의를 통해 자체적으로 학교 분위기를 바꿔 보려는 시도를 하기 시작했다. 뉴스에서는 연일 학교와 교육청이 대책을 세우지 않는다며 다그쳤지만 정작 학교는 조용했다. 교장 선생님으로부터 모든 선생님들에게 사건을 떠올릴 만한 일은 가능한 한 자제시키라는 공지가 떨어졌기 때문이었다. 아이들의 충격이 채 가라앉지 않았고 우리 학교에서 떠들면 언론이 주목하기 때문에 다시 사건이 수면 위로 떠올라, 공부에 집중해야 할 학생들이 애꿎은 피해를 입는다는 이유에서였다.

현수는 마치 자기가 왕따 당하는 사람처럼 의기소침해졌다. 아무 말 없이 주먹밥만 먹는 현수에게 무슨 일 있냐고 민규가 묻자 현수가 마지막 주먹밥을 털어 넣고는 자기 제안이 담임에게 거절당한 일을 털어놓았다. 용기를 내서 학교 폭력을 거부하는 대안을 마련하기 위한 학생 전체 회의를 제안했는데 담임이 말렸다는 것이다. 제안이 받아들여졌으면 문제가 없겠지만 또다시 담임과 마찰을 빚게 되는 건 아닌가 걱정하고 있었다.

"담임이 그러더라고. 좋은 생각이지만 지금은 학교 방침이 조용히 넘어가자는 쪽이니까 어쩔 수 없다고 말야. 그리고 당사자들이 자기 잘못을 반성하고 학교생활에 충실해지면 그 애들을 다시 품어 줘야지 어쩌겠냐고 하시더라고. 그게 선생이 할 일이고, 학교가 할 일이라고. 아이들 충격이 어느 정도 가라앉고 학교가 정상화되면 그때 하자고 하셨어."

"온정주의 쩌네. 피해자는 어쩌고."

"피해자도 감싸고 가해자도 감싸는 게 학교와 선생이 할 일이라는 거지."

"감쌀 때 감싸더라도 벌은 받게 해야지."

"벌은 법정에서 내리겠지. 선생님께 꼭 우리 반만이라도 회의를 열어 폭력에 대해 서로 이야기하게 해 달라고 했어. 선생님이 조금만 기다리래. 조용해지면 하자고."

우리 담임이라면 믿을 만하니까 언제가 될지 모르지만 할 수는 있을 거다. 현수는 다른 학교의 사례를 수집해 놔야겠다며 몇 가지를 메모했다. 참, 올바른 녀석이다. 이런 녀석이 좀 더 많아지면 학교 분위기도 달라질 텐데 워낙 희귀종이 되어 놔서.

종례 시간에 나눠 준 통신문에는 학생들의 면학 분위기를 위해 더욱 엄격하게 교칙을 적용하겠다는 방침을 정했으니 모쪼록 잘 따라 달라고 했다. 공지를 읽으면서 민규와 현수는 실망스러운 눈빛을 주고받았다. 아무리 학교에 애정을 가지려 해도 이렇게 희망의 싹을 싹둑 잘라 버리니 다들 3년 동안 있는 듯 없는 듯 지내다가 졸업하자마자 아무 미련 없이 훌쩍 떠나면 된다고 생각하는 것 아닌가. 정작 학교의 주인공인 학생들은 학교의 교육 방향에 아무 역할도 하지 못하고 이방인처럼 잠시 잠깐 머물 뿐이라고 생각하는 게 가장 큰 문제가 아닐까 하는 생각도 들었다.

다른 아이들에 대한 예방 대책도 필요하지만, 친구에게 더 이상 맞기 싫어 죽은 아들의 부모는 지금 어떤 상태일지 상상도 안 된다.

종례 시간이 다가올 무렵, 종환이와 몇 명의 가해자들이 사과하지 않고 버티는 바람에 피해자 가족이 장례식을 치르지 않겠다고 했다는 소식이 전해졌다. 아이들은 장례식을 치른다는 의미 자체를 몰라, 서로 묻고 대답하느라 웅성거렸다. 연우를 묻지 않는다는 건가? 장례식장에 가서 절을 할 수 없다는 뜻인가? 무슨 뜻이지? 묻고 물었지만 제대로 대답하는 친구가 없었다. 사람이 죽었을 때 해야 할 뭔가 중요한 일을 하지 않겠다는 뜻인 것 같긴 했다.

종례 들어온 선생님은 사건에 관해서는 아무 말도 하지 않고 평상시와 똑같이 어울려 돌아다니지 말고 집으로 가서 공부 열심히 하라는 당부를 하고 끝냈다. 몇몇 아이들은 집에 가서 엄마에게 물어봐야겠다고 중얼거리며 돌아갔다. 민규는 주몽과 함께 작업실로 향했다.

주몽이 〈300일 동안〉을 어쩌나 잘 부르는지 새로운 욕심이 생겼다. 중간과 마지막 후렴에 여자가 끼어들듯이 피처링을 해 주면 더 멋질 것 같았다. 물론 여자 가수는 구할 수가 없다. 게다가 한 명 더 끼어들면 판이 너무 커질 것이다. 굳이 숨겨야 할 이유도 없지만 떠벌리는 것은 질색인 민규에겐 둘이서 하는 게 최선이었다. 게다가 야자를 빼먹어 아직까지 선생님과의 갈등이 해결되지 않은 상태에서 다른 아이들까지 선생님 눈 밖에 나게 할 수가 없었다.

은주가 노래는 잘 부른다던데, 어딜 갔는지 도통 학교에 나오질 않았다. 담임이 은주 부모님과 상담을 했다고 한다. 아이들이 상담하고 돌아가는 은주 부모님의 얼굴을 봤는데 무척 어두웠다고 했다. 은주에게 전학을 권고한 것일까? 요즘 들어 소문이 뒤숭숭했다. 문제 있는 학생에게는 다른 학교로 전학 가라고 한다는 것이었다. 시도조차 해 보지 않고 포기해야 한다는 게 아쉽지만 어쩔 수 없었다.

동현이에게 메일이 와 있었다. 지난번 마네킹에 대충 걸쳐 놓았던 천들은 완벽한 옷이 되어 있었다. 지퍼를 열어젖힌 블루종 속에 검정 붓으로 아무렇게나 그어 놓은 듯한 무늬가 있는 하얀 셔츠와 배기 바지가 코디되어 있었다. 블루종은 검정 그물과 브라운 스웨이드가 매치된 특이한 스타일이었다. 받쳐 입은 흰색 옷도 무늬가 독특해서 한 눈에 느낌이 왔다. 브라운색의 워커도 발등 위로 뒤집힌 혓바닥 같은 부분이 밝은 녹색으로, 눈에 띄는 특이한 스타일이었다. 아, 이렇게 만들려고 했던 것이구나. 민규는 절로 고개가 끄덕여졌다. 이제야 동현이가 만들려는 스타일이 어떤 것인지 조금이나마 감이 잡혔다. 출품된 작품들 중에서 호응이 가장 컸다며 아이들의 사인이 가득 적힌 글을 찍은 사진이 첨부되어 있었다.

You rock! Really cool! You kick ass! awesome! That's treeffic! 오, 멋진데! 네가 갑이야! 스타일 짱! 끝내준다!

동현이는 아이들이 좋아하고 선생님들도 격려해 주어 이 길로 계속 나가도 되겠다는 확신이 든다고 했다. 그것이 미국 학교에 와서 얻은 가장 큰 소득이라는 말에 민규는 한 번도 미국 생활을 부러워해 본 적이 없었는데 갑자기 무진장 부러워졌다. 방과 후 활동까지 학교 선생님들이 적극 도와주고 정규 교육 못지않게 인정해 주다니. 친구 하나 없는 곳에 혈혈단신으로 날아가 마구잡이로 친구를 만들어 영어를 배우고 작품까지 하나 떡 만들어 그 높다는 미국 애들의 콧대를 꺾어 놓다니, 작고 호리호리한 동현이가 무척 대단해 보였다. 동현이는 편지 말미에 너는 우선 말이 통하는 곳에 살고 너를 잘 가르쳐 주는 선생님들이 있으니 힘내라며 힘을 북돋워 주었다. 민규는 가슴이 울렁거렸다. 그러고 보니 동현이의 말이 맞았다. 나는 말도 못한다고 놀리는 아이들 틈에 있는 것도 아니고, 그런 까닭에 열심히 아이들의 언어를 배워 차별받지 않으려고 노력해야 하는 입장도 아니고 동현이 선생님만큼 정성껏 가르쳐 주는 레슨 선생님들이 있지 않은가. 게다가 대회를 준비하며 매일같이 목소리를 가다듬는 주몽도 있고. 그래, 다시 힘을 내는 거다. 고, 고, 고!

144

민규가 주몽과 함께 노래 연습을 하고 있는데 지구대에서 신시사이저를 찾았다는 연락이 왔다. 야, 대한민국 경찰 만세! 작업실 주인 형과 주몽과 함께 민규는 지구대로 달려갔다.

　지난번에 도난 신고를 받았던 경찰이 민규를 보자마자 이런 거 찾기 어려운데 말이야, 하면서 의기양양한 미소를 지었다. 신시사이저는 지구대 벤치 옆에 길게 세워져 있었다. 얼른 세워진 쪽 끝을 봤더니 이니셜이 새겨져 있었다. 민규는 손바닥으로 쓱 쓸어 보았다. 먼지가 묻어났다. 코끝이 찡하게 아파 왔다. 어떻게 찾았느냐고 물었지만 경찰관이 자기 공을 세우느라 어찌나 뻐기는지 민규는 고맙다고 굽실굽실 인사해야 했다.

　"이거 팔아먹으려고 훔친 게 아니래. 자기도 음악을 하고 싶은데 살 수가 없어서 훔친 거라는구먼. 그 동네 뒷길 지하에 살고 있더라고. 그 동네에 음악실이 몇 군데 되니까 궁금해서 몰래몰래 들렀었나 봐. 마침 그날 너희들이 나갈 때 그 건물 앞에서 담배 피우고 있다가 혹시나 싶어 올라와 봤는데 문이 열려 있으니까 옳다구나 하고 집어간 거지. 얘랑 같이 살고 있는 녀석이 사고를 치는 바람에 그놈 잡으러 갔다가 내가 딱 이걸 본 거야. 어울리지 않는 곳에 그게 있더라고. 내가 얼른 모델 넘버를 봤지. 구석에 새겨진 이름도 확인하고."

　그러면서 칸막이 뒤로 데려갔는데 거기 앉아 있던 한 소년이 눈을 마주치지 않으려는 듯 고개를 돌렸다. 행색을 보아하니 집 나와 산 지 오래된 것 같은 민규 또래의 남자아이였다. 도둑에게 뭐라고 할 말이 있는 것도 아닌데 마주 보고 뭘 어쩌라는 거지? 민규는 경찰을 빤히 쳐다보았다. 경찰이 아차, 하고 말했다.

"말하자면 좀도둑인데, 전과도 없어. 그러니까 처음 훔친 거고, 나쁜 짓을 하고 다니는 놈은 아니란 거지. 뭐 이것 가지고 구속시킬 만한 일도 아니니까 서로 좋게 합의하라고."

'뭣이라? 합의? 서로 좋게? 나는 뭐가 좋은데?'

한마디로 그냥 놔주라는 소리였다. 아무것도 가진 게 없어 배달 아르바이트하면서 혼자 건반 두드리고 있는 애한테 뭘 달라고 하겠냐고. 거의 포기하고 있었는데 찾은 것만 해도 어디냐 하고 보내 줄까 하는 마음과, 그래도 벌을 받아야 앞으로 누군가의 눈에서 눈물 나게 하진 않을 거 아닌가 하는 마음이 민규의 내부에서 충돌했다. 쉽게 마음 결정을 못하고 뒤돌아 나와 신시사이저를 바라보는 민규의 눈에서 눈물이 흘러내렸다.

그동안 주차장 아르바이트하느라 선생님 눈치에 엄마 눈치에, 작업실 주인 형 눈치에, 잠도 못 자고 말도 못하게 고생했다. 그런데 저놈은 또 뭐냐. 건반이 얼마나 만지고 싶었으면 이걸 훔쳐 갔나. 내가 집 나와서 혼자 음악 공부 했다면 저놈 꼴이 났겠지. 그나마 내겐 나를 이해해 주고 뒷바라지해 주는 엄마가 있어 이렇게라도 하는 거 아닌가. 저놈은 무슨 사정인지 모르겠지만 아무도 도움을 주지 않는단 말이지. 아, 이런 된장! 뭐, 이런 경우가 다 있어!

민규는 어찌해야 좋을지 몰랐다. 주몽도 딱히 할 말을 찾지 못하고 두 손을 비비며 놈이 있는 쪽을 자꾸 힐긋거렸고, 주인 형도 어떻게 해야 좋지? 하며 중얼거렸다. 가족도 아니니 어떻게 하라고 딱히 말할 수도 없는 것 같았다. 너나 나나 음악 하는 사람들로, 아무리 도둑놈이라도 음악 하고 싶어 악기를 훔쳐 갔다는데 기어코 죄를 물어야 하겠는가 하는 마음들인 거다. 그렇다고 그냥 보내 주기엔 너무 쉬운 것 같고, 하루나 이틀 정도 생각해 본다고 해서 마음고생 좀 시키는 게 좋지 않을까 하는 생각이 들었다.

경찰관은 고개를 푹 숙이고 있는 도둑놈을 대신해 합의를 시키려고 애썼다. 아마도 법에 호소한다느니 어쩌느니 하면서 복잡한 작업을 피하려는 듯했다.

"그러지 말고 합의 보지. 이걸로 빨간 줄 긋게 하지 말고. 보아하니 크게 나쁜 놈도 아닌 것 같은데."

그 말에 민규가 소리를 꽥 질렀다.

"나쁜 짓이 아니라고요? 나는 이거 잃어버리고 얼마나 고생했는데! 게다가 뭘 받을 것도 없는 것 같은데 무슨 합의요!"

"그러게, 이놈이 겨우 배달해서 먹고사나 본데, 돈도 없을 거야."

경찰관이란 사람이 마치 그 도둑놈의 아버지라도 되는 것처럼 대신 사정하다니, 아, 이런 거지 같은 세상! 민규가 꽥 소리 질렀다.

"그러니 뭘 어떻게 합의하란 거예요!"

경찰관이 히죽 웃으며 손을 저었다.

"학생, 그렇게 화내지 마. 아이고, 찾기 힘든 거 찾았잖아. 어려운 친구 사정도 좀 봐주고 그래야지. 다 좋은 일 아냐."

친구? 그 말을 듣는 순간 민규의 가슴이 덜컹 내려앉았다. 중학교 때, 폐지를 주워 팔아 밥을 차려 주던 할머니가 앓아눕는 바람에 배달 일 한다고 학교를 그만두었던 친구가 앉아 있는 듯한 착각이 들었다. 그래, 그때 그 아이들 중 하나일 수도 있어. 눈물이 확 쏟아졌다. 내 처지는 뭐 얼마나 낫다고 이런 놈들만 눈에 띄는 건지. 야, 이 새끼야, 오토바이 타지 마, 오토바이 타려면 조심해서 타, 사고 나지 말고. 그런 말이 툭 튀어나올 뻔했다.

"알았어요! 알았으니까, 악기 가지고 갈게요."

녀석의 얼굴을 기억하게 될까 봐 민규는 얼른 고개를 휙 돌렸다. 되도록 빨리 지구대를 나가야겠다. 주몽이 화들짝 놀라서 어리둥절해했다.

"가려고?"

"그래, 가자. 그놈, 돌려보내세요."

"그래, 잘 생각했어. 그렇게 서로 도와 가며 사는 거야."

'나 원 참, 도둑놈을 도와주라니. 대한민국 경찰관들이 이렇게 착할 줄이야.'

커다란 신시사이저를 주몽이 앞에서 들고 민규는 뒤에서 들었다. 둘이 들어도 무거워서 택시를 잡아야 할 것 같았다. 작업실 주인 형이 미디를 안아 들고 등으로 밀어 유리문을 여는데 경찰관이 따라 나오며 깜빡 잊은 게 있다는 듯 말했다.

"아, 근데 이 작은 기계는 고장 난 것 같다던데."

"뭐라고요?"

"아아, 난 잘 모르지. 저놈도 잘 모를걸. 누가 연결시켜 봤는데 처음에는 됐다가 뭘 잘못했는지 안 되더라네."

"그럼, 고장 난 거잖아요!"

"그래, 그런데 뭐 어쩌겠어. 고쳐서 써야지. 그렇게 알고 있으라고."

민규로서는 기가 막히고 코가 막히고 머리가 터질 것 같았다. 아, 밤새워 가며 벌어 놓은 아르바이트 비는 결국 미디를 고치는 값으로 들어갈 예정이신 거다.

300일 동안

되찾은 신시사이저는 그 어느 때보다 아름다운 소리를 내 주었다. 그동안 작업했던 것을 소리로 바꾸면서 민규는 새삼스럽게 롤랜드 팬텀에 애정이 가고 더욱 애착이 생기는 것을 느꼈다. 이렇게 음원이 많았던가? 이렇게 음원이 고급스러웠던가?

주몽은 민규가 상상한 느낌을 잘 살렸을 뿐 아니라 민규가 생각지 못한 자기만의 느낌도 잘 끌어냈다. 작업실에서 허접하게나마 녹음해서 홍대 선생님에게 가져갔다. 선생님이 곡을 들어 보더니 실력도 부쩍 늘었고 흐름이 무척 자연스러워졌다며 칭찬했다. 주몽에게도 노래가 많이 늘었다고 치켜세웠다. 주몽은 몹시 흐뭇해하며 웃음을 참지 못했다.

"대회 나가서 순위권에 들지 못해도 실망하지 마. 대부분 언더에서 밴드 생활 하던 사람들이 나오는 대회라서, 모두 프로라고 볼 수 있거든. 좋은 경험이라 생각하고 출품되는 노래들 잘 들어 보면서, 스타일 공부도 하는 기회로 만들어 봐. 기회는 계속 있으니까.”

조금 김을 빼는 말로 들렸지만 민규의 귀에는 제대로 들어오지도 않았다. 현수에겐 대회에 꼭 참석해야 한다고 윽박질러 놓았다. 왜냐고? 현수가 음악 페스티벌을 좋아해서? 민규와 주몽을 축하하기 위해 꽃다발이라도 들고 와야 해서? 오, 노! 현수는 노래를 잘 모를 뿐만 아니라 좋아하지도 않는다. 듣는 거라곤 점심시간에 흘러나오는 교내 방송뿐이다. 하지만 현수는 귀청이 찢어질지도 모르는 대회에 참석해야 한다. 왜냐면 스마트 폰으로 동영상 촬영을 하라는 특명이 떨어졌으니까!

민규가 고등학교 들어온 지 300일. 중학교와는 또 다른 세상이었다. 아이들은 자신들을 둘러싼 그물이 훨씬 더 촘촘하게 조여 오는 것을 느꼈다. 아이들은 이제 본격적으로 자기 프로필을 만들어 나가야 했다. 문과와 이과로 나뉘어 서로 다른 반에서 공부해야 했고 실용 과목 위탁 교육을 받을 아이들은 미리 신청해야 했다. 1년 동안 한 반에서 같은 수업을 들었지만 이제 다시는 함께 수업을 받지 못할 것이다.

연우 사건의 주동자들이 재판에 회부되었다는 소식이 들려왔다. 그런데 하필 ‘학교 폭력에 대한 우리들의 생각’이라는 세목으로 학급 회의를 연 다음 날이었다. 소식이 들려오자 아이들은 어제 회의에서 무슨 결론을 내렸는지 다 잊은 것처럼, 아니 회의 같은 것은 아예 하지도 않았다는 듯이, 평소보다 더 맨송맨송한 얼굴로 별것 아닌 얘기들만 주고받았다. 쉬는 시간이 되자마자 책상 위를 걸어 화장실을 가던 아이들이 발소리를 죽이며 교실을 나갔다.

누구보다 그 사건을 잊고 싶은 건 아이들이었다. 자기 자신조차 친구들 관계에서 스스로 어떻게 변할지 모르는데 가해자로 불리는 아이들을 막무가내 비난할 수 없었다. 그래서 한껏 못된 표정을 짓고 회의를 주도하는 오지랖 넓은 현수 같은 애를 욕하는 것이다. 미친놈! 지가 무슨 고담 시티를 구하는 배트맨인 줄 아나!

어떤 아이는 슈퍼히어로가 있다면 내 목덜미를 잡아끌고 갈지 모른다며 두려워할지도 모른다. 또 어떤 아이는 자기 자신을 슬며시 재판장에 세웠다가 화들짝 놀라 얼른 내려올지도 모른다. 그러고선 얼른 게임을 생각하거나, 자꾸 잊어버리는 영어 단어를 외우거나, 그도 아니면 괜히 옆에서 잘 걸어가는 친구 뒤통수를 갈길지도 모른다.

따지고 보면 크든 작든 모두들 어떤 아이를 놀려 보았고, 몰아붙여 보았고, 심지어 주먹질도 했으며 거꾸로 자기 자신도 그런 일을 겪어 보았다. 따라서 모두 공범이거나 피해자인 셈이었다. 이미 한두 번씩 심각한 폭력이나 왕따를 경험한 아이들은 더더욱 그런 불행이 자기에겐 닥치지 않기만 바라며 친구들에게 꼭 붙어 있을 수 있도록 남몰래 기도밖에는 할 게 없다고 생각했다.

아이들은 이마에 붉은 딱지 하나씩 붙인 얼굴로 초췌하게 학교를 나섰다.

그걸 보자 민규는 밥 말리의 노래가 기억났다.

크리스마스가 올 때마다
당신은 아이들에게 장난감 총을 사 주지
그러니 당신은 오늘의 젊은이들을 비난할 자격이 없어
젊은이들을 우롱해서는 안 돼

민규가 밥 말리의 노래를 흥얼거릴 때, 현수는 그래도 몇 명쯤은 회의를 기억하고 있을 거라고 생각했다. 회의가 시작된 지 30분이 지나도록 어느 누구도 솔직한 생각을 내놓지 못할 때 제일 먼저 말을 꺼낸 것도 현수였고, 내내 회의를 이끌어 간 것도 현수였다. 세상에 태어나 그때처럼 진땀을 흘려 본 적이 없는 것 같았다. 아이들과 눈을 맞출 수조차 없었다.

하지만 어느 순간부터 탄력을 받아 자기 생각을 내놓는 아이들이 생겼고, 조심스럽게나마 방관자가 될 수밖에 없는 입장을 털어놓는 아이도 생겼다. 첫 번째 회의의 결론은 역지사지였다. 현수는 다음 주에도 이 시간에 두 번째 회의가 있을 것이며 소주제는 3일 전에 공고할 예정이니 미리 의견을 말해 주기 바란다는 말로 회의를 마무리 지었다. 공고 뒤에도 현수는 자리에 앉지 않았다. 아직 할 말이 남아 있는 것 같았다. 그런데 갑자기 자리에 털썩 주저앉았다. 아이들은 마치 죄를 하나쯤 던 것처럼 가볍게 자리에서 일어나 물을 마시러 가고 화장실에 갔다. 민규는 현수의 노트에 적힌 글을 보았다. 거기엔 현수가 하지 못한 말이 글로 남아 있었다.

우리는 아직 혼자 살아갈 수 없습니다. 아직 완전히 크지 않았습니다. 누가 옳고 그른지보다 내 편이 있는지 없는지가 더 중요한 겁니다. 언제나 불안하고 위기감에 시달리는 아이들은 나를 지켜 줄, 내 편에 서 줄 사람이 필요한 것뿐입니다. 내 편이 하나도 없다고 생각할 때 우리는 마치 입을 크게 벌린 사자 앞에 놓인 것 같고, 사자에게 물려 죽느니 내가 먼저 죽는 쪽이 낫다고 생각하게 됩니다. 무엇이 옳고 그른지 배우고 익힐 때까지 제발, 우리 편이 되어 주세요. 무슨 일이 있어도 너를 보호해 주겠노라고 말해 주세요.

연우는 자기 몸을 던지면서 외친 거다.

'한 사람이라도 좋으니까 내 곁에 있어 줘, 제발.'

민규는 아무 말 하지 않고 노트를 찢어 자기 가방 속에 쑤셔박았다. 가방 속에는 별것 없었다. 가끔 한 번씩 거꾸로 들고 털어 버리는 가정 통신문이 몇 장 남아 있을 뿐이다. 왜 그 노트를 찢어서 가방에 넣었는지는 모른다. 그걸 꺼내 다시 읽어 보기나 할지도 알 수 없다. 잘 모르겠지만, 왠지 그 노트를 갖고 싶었다.

민규는 재수 없는 일이 벌어지지 않기만 바라며 반듯하게 누워 잠을 잤고, 제시간에 일어났으며, 양치질을 꼼꼼히 하고 양말을 짝 맞춰 신었다. 그리고 어제 벗어 놓은 신발을 보는 순간, 오늘은 왠지 하얀 캔버스화를 신고 싶었다. 대회가 열리는 날이었다.

민규는 대회장에 가서야 얼마나 큰 음악제인지 알게 되었고 그때부터 온몸이 떨리기 시작했다. 무모한 짓을 한 건 아닌가 하는 후회도 잠깐 들었다. 하지만 마음 한구석으로 이런 큰 대회에 예선을 통과했다는 것만 해도 어디냐 싶었다. 예선에는 녹음 CD만 보냈기 때문에 본선이 어느 정도 규모인지 알 수 없었던 것이다. 주몽의 이름이 본선 차례에 올라와 있는 것을 확인하고 나서 안도의 숨을 내쉬었다.

너무 긴장되고 초조한 나머지 민규는 말을 잊었지만, 반대로 주몽은 말이 너무 많아졌다. 목소리 상하면 안 된다고 말 좀 그만하라고 구박했건만, 주몽은 듣지 않았다. 민규는 억지로 생수를 먹여 주었다. 현수는 꼼꼼한 성격답게 대회 현수막을 찍는다, 무대를 찍는다, 오가는 스태프를 찍는다면서 스마트 폰으로 동영상 찍는 방법을 몇 번이나 확인했다.

차례가 되었다. 무대에 선 주몽이 눈으로 친구들을 찾자 민규와 현수가 손을 흔들어 주었다. 주몽은 노래를 불렀다. 잘 불렀다. 그런데 설마가 사람 잡았다. 목소리가 갈라졌다. 물을 그토록 많이 마셨건만 성대는 바짝 말라 있었다. 아, 재수는 딴 데 있는 게 아니었다. 너무 긴장하면 재수가 옴 붙는 거였다. 긴장은 성대에 가장 안 좋으니까. 긴장하면 목이 그냥 바짝바짝 타니까.

옆에서 현수가 스마트 폰을 치켜들고 촬영했다. 앞에 있는 사람들이 자꾸 움직였기 때문에 움직이는 머리를 피해 각도를 조금씩 틀어야 했을 거다. 그래서 3분 남짓밖에 안 되는 시간이었지만 현수 또한 잔뜩 신경을 곤두세웠을 거다.

프로들을 이길 수는 없었다. 수많은 팀이 출전해서 단 세 팀만 상을 받았다. 주몽은 자기 탓이라며 어깨를 축 늘어뜨렸다. 현수는 동영상을 돌려 보고 또 돌려 봤다. 민규는 허탈했지만 기분은 좋았다. 사실 주몽도 기분이 좋았다. 어쨌든 수많은 사람들 앞에서 노래를 불러 보았으니까.

그래도 그 노래는 불렸으니까.

300일 동안
나는 너와 함께 살았어
네가 매운 라면을 먹을 때 나도 매운 라면을 먹었어
네가 노트를 펼치고 아무도 모르는 슬픔을 적을 때
나는 다른 노트를 펼치고 너를 그렸어
네 신발이 흙투성이가 되어 꿈속에서 돌아오는 것을 보고
나는 이제 흙투성이 꿈으로 들어갔어
네가 잠들었을 때 빗줄기도 어둠도
너를 비켜 내리는 것을 보았어
네가 내일은 오늘과 다를 거라는 희망을 품고

눈물 흘리며 잠이 들 때

나는 네 얼굴에 어리는 불빛을 보았어

300일 동안, 300일 동안

현실의 높은 벽을 뚫고 슛을 날리는 이들을 응원하며

지금 여러분이 가장 하고 싶은 일은 무얼까요? 무엇을 하면 가장 행복하고 앞으로도 행복할 수 있을 거라 생각하시나요?

제가 묻는 것은 취미가 아니라, 일생에 걸쳐 추구하고 싶은 일이 있는 가입니다. 청소년들은 수많은 길 중에서 스스로 자신의 길을 선택할 수 있어야 하고, 어른들은 그 길에 대한 끊임없는 정보 제공과 의견 교환을 통해 청소년 스스로의 의지와 상관없는 문제로 어려움을 겪지 않게 하는 시스템을 만들어 줘야 한다고 생각합니다. 청소년이 택한 길을 갈 수 있는 권리는 사회 전반적인 인권 의식이 바탕이 되지 않는 한 실현되기 힘든 일이니까요.

제가 학교 다닐 때 겪은 일입니다. 체육 대회가 열린 날이었습니다. 저는 운동장 스탠드에 앉아 친구들을 응원하고 있었죠. 그때 누군가가 등 뒤에서 제 정수리를 톡 때리는 겁니다. 뒤돌아보니 지도부 선생님이었습니다.

"야, 인마, 앉아. 안 보이잖아."

저는 순간 갈등했습니다. 그때까지 선생님께 한 번도 대들어 본 적이 없었지만 이런 얼토당토않은 상황은 처음 겪는 일이었거든요. 그래서 용기를 내어 말했지요.

"선생님, 지금 인권 유린 하시는 건데요. 저는 선생님이 뒤에 계신 걸 모르고 있었고, 경기를 하면 응원하느라 일어서는 게 당연하잖아요."

선생님은 인권 유린 좋아하네, 하면서 한 대 때릴 것처럼 했지만 웬일인지 슬그머니 일어나 다른 곳으로 가셨습니다. 그때 나는 작은 성취를 맛보았습니다. 아무리 상대가 선생님이라 할지라도 부당한 대접을 참는 것은 옳지 못하다는 것도 알게 되었고요.

이건 어쩌면 사건 축에도 못 끼는 일인지도 모릅니다.

하지만 조금만 들여다보면 이 사건 안에는 우리 학생들이 겪는 인권의 현실이 적나라하게 담겨 있습니다. 그리고 학생들이 정당한 의견을 내는 것조차 허용되지 않는 현실이 들어 있습니다.

'오버헤드 킥'이라는 축구 용어를 아는지요? 몸을 뒤로 눕혀 머리 위로 공을 차 넣는 골을 말합니다. 철벽같은 수비, 견고한 시스템에 한 방 통쾌하게 먹이는 기술입니다.

여러분이 처해 있는 현실의 벽은 무척이나 높고 단단하여 그 압박감에 질식할 듯 고통받는 친구들도 많이 있을 것입니다. 그런 높은 벽을 뚫고 슛을 날리는 친구들의 이야기를 들으며 자신의 행복을 찾아 힘차게 내달리기 바랍니다. 여러분을 항상 응원합니다!

방 현 희

주니어김영사 청소년문학 04
너와 나의 삼선슬리퍼

1판 1쇄 발행 | 2013. 9. 9.
1판 2쇄 발행 | 2013. 12. 23.

방현희 지음

발행처 김영사
발행인 박은주
편집인 박숙정　**편집장** 전지운
책임편집 고영완　**책임디자인** 전성연
편 집 문자영 김지아 박은희 김효성 김보민
디자인 김순수 이설아 윤소라 고윤이
전략기획실 이소영 이은경 조혜영 강미선
만화연구소 김준영 김재윤
미디어기획부 박준기
마케팅부 이희영 이재균 김형준 박진옥 정민영 양봉호 정완교 강점원 정소담 이지현
제 작 안해룡 박상현 김일환 김수연
등록번호 제 406-2003-036호
등록일자 1979. 5. 17.
주 소 경기도 파주시 문발동 파주출판단지 515-1(우-413-756)
전 화 마케팅부 031-955-3102 편집부 031-955-3113~20
팩 스 031-955-3111

값은 표지에 있습니다.
ISBN 978-89-349-6430-8 43810

좋은 독자가 좋은 책을 만듭니다. 김영사는 독자 여러분의 의견에 항상 귀 기울이고 있습니다.
독자의견전화 031-955-3139 | 전자우편 book@gimmyoung.com
홈페이지 www.gimmyoungjr.com